万川
reflections

一步万里阔

万万瞬间

Thousands of Moments

曲雪松 著

中国工人出版社

瞬间的共鸣

即是永恒的喜悦

序

写这本书，缘于一篇文章。

我爸离去后，那几天半夜睡不着，就趴在电脑前写，是自言自语，也是跟他对话，跟星空对话。然后，发在我的微信公号里。三年后的清明节，我又翻出来发了朋友圈，以解念想和凄清。

不想，一位兄长看了说，让人深深感动的文字，出本书吧！我第一反应是讶异，这样自说自话的文字，怎敢出书呢。可几乎就在同一时刻，收到大学同学发来的一条信息——“看完你的文章，我更加珍惜能陪伴父母的日子。”那一瞬间，我觉得，也许这些散漫的文字，可以让更多人看到。

这些年做媒体工作，写的大多是命题作文，别人的故事。只有在写自己的时候，无题无束，自在又自如。世间事，似乎再没有什么，比写字更能让我无所顾忌地投入其中了。而由我及他，千重叠嶂，不可求也难以预见。如果还有共鸣的人，就是更大的喜悦。

要感谢书中提到的每一个人，以及没提到的，但在我心里的人。是他们，给了我这些瞬间。我喜欢这样的瞬间：它们是毫无征兆的一个触动，漫不经心的一句话，是心头一紧、脑袋一热，是不写不快、写罢畅快，是把心里的一口气归还给天地和自然。

差不多用了一年时间，我把这些瞬间重新梳理了一遍。我记忆力不算好，可是在写的时候，万万瞬间竟然慢慢浮现。我常常为此感到神奇，原来人在专注干一件事时，会唤醒那个沉睡在身体里的另一个自己。我一边重历这些瞬间，一边看着它们在虚无中凝聚，或飘散。

感谢好友张凡，推荐我写杂志专栏文章，一写就是八年，让我因此留住许多重要瞬间。感谢从出版专业角度给了我很多建议的逯宏宇，她是为数不多知道我在准备这本书的密友之一，并一直鼓励我。感谢同学姚彤，他的一条短信燃起我启动这本书的信心。

还有人美心慧的责任编辑晓辰，把我散散的文稿归拢理序，精编成集。当她把两个备选书名发来时，我俩不约而同中意于：万万瞬间。这个名字，有空，也有实；有静，也有动。它是一切轨迹形成的基点，悄然无声中已有了走向和定局。

还有我最亲的人胖哥，虽然我常常在他把电视声音开到超过“6”的时候怒吼。他是大树，让我能在无忧平静的日子里，沉浸在文字中，自得其乐。

从二十八岁，决定从事跟文字有关的工作不再动摇的那个瞬间开始，历经万万瞬间，我已经没有迷惑和忧虑了。如果说还有渴求的话，那就是，希望感知瞬间的能力不要丢失。只要它还在，我就不会寂寞，不会无事可做。

巧的是，当我把这篇序言写完发给晓辰，完成书稿全部文字的此刻，忽然发现，今天竟是我爸走的日子。

这万万分之一个瞬间。

2024.12.09

于北京

目录

Contents

Chapter 1 所念

Chapter 2 所遇

Chapter 3 所行

Chapter 4 所涎

念的是初见

当他们，在脑海里重现

以无序而强劲的姿态

忽然就明白了

人活的，是一些瞬间

时间因此过得很快

时间因此过得很慢

Chapter 1

所念

不管是被有心庇护，

还是无暇顾及，

我们拥有了一段难能可贵的童真。

漫长的童年

每个人的童年记忆，或许都伴随着一个空间。

一幢房子，一条小河，或是一条路，一片田野……那里承载了小孩从疯玩开始的，对这个世界最初的感知，最单纯的喜怒哀乐。

我的童年空间，是一条路，叫“崇智路”，以及路边的一栋三层小楼。

那是一栋日式小楼，长春有很多这样的居民楼，都是伪满洲国时期留下来的。

小时候听我奶奶说，她和我爷爷最初的家，在长春市东朝阳路一带，有个很大的院子，还种菜。后来，那片地方要盖省政府家属楼，就把他们迁走了。负责搬迁的人把他们带到这栋日式小楼前，他们选了二楼靠近楼梯的一户，“万一再打仗，方便逃跑”。

我在奶奶家长大，一扇大大的木格玻璃窗隔着屋里和屋外，我的记忆几乎就是从窗边开始的。窗外是通向楼梯的走廊，走廊外，是一条不太宽的路，伸向远方。住在二楼和三楼的邻居每天从窗边经过，上班的、上学的，下班的、放学的，会依次在不同的时间出现，踩着木板发出咯吱咯吱的，或轻或重的响声。时间久了，从他们的脚步声，我就能大概判断出外面走过的是谁。

那时的我，从那扇木窗看世界，并不知道什么是对的、什么是错的，什么是美的、什么是丑的。倒是我奶奶，有时候对着窗外经过的人，像是自言自语，也像是对着我，发出一两句感慨，或是她的评判。现在想来，那应该是我最初的是非启蒙。生命就是这样的吧，在你还懵懂的时候，已经经历了重要的时刻，回过头来再拾捡起那些碎片，会发现是什么已经不重要了，重要的是，时光把它们都罩上了一层光晕，缥缈如烟，并且，还留在记忆里。

幸好，它们留在了记忆里。

从我记事起，我奶奶就是街道办主任，整天忙忙碌碌，晚上总有人来我家开会，开到很晚，我都困了，他们还不走，有时吵得很厉害。我还记得墙上有她戴着奖章跟一堆人合影的照片，里面有解放军和警察叔叔，她参与破获敌特活动的大案立了功，还不止一次。

她忙得顾不上我，我常常一个人坐在窗边玩。那个位置，应该也是我爸坐过的最多的地方。因为后来他跟我们说，那时我妈上学放学经过窗前，他都能看见。

他俩是楼上楼下的邻居。我爸的萌动少年心，应该就是在那扇窗前开启的。我妈后来说，当时我爸追求她时递过的三张纸条，都是在她从窗前经过时，推门出来递给她的。

重要的是，他俩成了，我爸就搬到了三楼。那时我妈的哥哥和嫂子去支援大西南了，她就一个人住。然后就有了我。满月后，我妈被派到南方学习，就把我放在楼下的奶奶家。很快，我有了妹妹和弟弟，他们就更顾不上我了。

我们这个楼，算上我家三个孩子，一共有十几个年龄相仿的小孩，整天一窝蜂地楼上楼下乱窜……现在想想，楼里的大人们一刻也不得安宁，得有多闹心哪。

不过我们哪懂这些，只顾疯玩。我们上楼很少走楼梯，就抓着扶手往上爬；再大一点的，就扎堆儿从楼梯的第三阶往下跳，最厉害的，是从第六阶跳下来……印象中，我的膝盖就没平整过，磕破了，流血流脓结痂，然后又磕破。

除了在楼上玩，楼下的崇智路也是我们的游乐场。那时路上没什么车，打羽毛球、打沙袋、跳皮筋这些常规活动每天都有。一到秋天，落叶满地，一群小孩捡树叶，然后把叶片搓掉，留下一根筋，拉钩玩；把路边的土翻开，抓蚯蚓；扮演游击队员，攻山头，当然，攻的就是路边的一个小土坡……

春夏秋冬，我们总能在这条路上发明出各种玩儿法，每天结帮成伙，呼啸而来，呼啸而去。

也有安静的时候。夏天晚上热得睡不着时，大人们就坐在楼梯上、走廊上，摇着扇子聊天儿，我们小孩听故事，看星星。

全楼的集体活动，是在国庆节。那时长春有放烟花的活动，为了晚上 8 点这个期盼已久的时刻，我们早早就搬出小板凳，在楼梯上抢占有利位置，然后一遍一遍地问大人——“妈！还有几分钟……”

8 点一到，“嘭”一声，艳光满天，大人孩子一片欢呼。大人们说放烟花的地点就在省银行的广场上，离我们很近，下楼拐个弯就到了，所以我们是近水楼台。每一簇烟花绽放时，整个楼都被照亮。

还有件事，我记得很清楚。一个晚上，我在床头玩，奶奶在另一头做针线活儿，忽然抬头问我：“你推床干吗？”我说“我没推啊”，心想我哪里推得动床呢！我奶奶又问：“你没推，床怎么会动呢？”

第二天一大早，就听邻居们吵嚷，昨晚地震了。后来才知道，那天晚上，我们经历了 1976 年的唐山大地震。

那时，我们楼对面是一个“军区大院”。院门口一直有军人站岗，我们一群小孩常常去闹站岗的士兵，假装要进院子，然后被拦住，然后他就假装要来抓我们，孩子们便一哄而散。

有时闹得过分了，里面就会走出来另一位解放军叔叔，有人叫他连长。有一次连长出来，站在岗亭旁边冲我们笑，还冲我们招手。我走过去，他就把我抱起来，走进院子里他们住的地方。那是很高的一栋楼房，颜色和造型，跟剧场有点儿像。里面光线很暗，有一排一排的房间，迎面而来的军人叔叔冲他打招呼，有点吃惊地看着我，他就说“没事儿”。

走进房间，都是绿色的床，还有叠得特别整齐的被子。他把我放在床边，很神秘地从被子底下掏出一把手枪让我看，笑呵呵地跟我说话，我就傻愣愣地看着。他把枪递过来让我摸了摸，又放回被子下面，然后就把我抱了出来。那时候，我大概三四岁。

那个大院，除了有解放军，还有家属楼，我的好几位小学同学就住在那里。有一位姓嵇的女同学，把我领到大院里她的家（那时候门口的哨兵对进出的人已经管得不严了），她奶奶在家，帮我梳头，跟我说，“以后你家大人忙，你可以到我们家来，我帮你梳头”。嵇同学的小辫梳得整齐好看，还绑着红色发绳，很让我羡慕。

我那时太小，完全不知道这个大院的驻军到底是干什么的，不过我现在猜测，可能跟“银行大楼”有关。

从我家楼下往东走，大约二三百米，就是银行大楼，我们那时都这么叫它。

当时我并不懂得，它就是伪满洲国时期的“中央银行”。日本人为了显示他们在长春的“新京”气派，1934 年开始建造这栋“亚洲第一坚固”的大楼，费了很大工夫。整体由钢筋混凝土浇筑，地上四层，地下二层，仅仅是地下金库的一扇门，在长春市内，就运了四五天的时间。

大楼正门前，是一排大石柱子，我后来知道，那叫古罗马风格，当时只觉得巨大无比，几个人都围不拢。

大楼前面是一片很大的广场，是我们小时候最爱玩的一个地方。夏天很多人在那里打羽毛球、学骑车，下雨的时候，大家就在楼前的廊下躲雨。那个广场，也是国庆节放烟花，春节秧歌表演的地方。

我后来工作的吉林日报社大楼，就在银行对面，虽然那时我家已经搬离这片区域，但每天来上班时，依然有回家的感觉。

这片地界，是在二十世纪九十年代开始巨变的，军区大院变成了崇智商城，居民楼被一片一片拆掉。当时我已经离开长春，再回去，就发现路边我们的小三楼和石头楼变成了大商场……前几天，在网上看到那座气势恢宏的“民生购物中心”空荡寂寥，据说，一直在招商。我也是看到这个新闻，想写一写这条路。

每次回长春，我都尽可能抽空来这条路转转。它的样貌全变了，但在我心里，它还是原来的样子，一条灰色的泛着落日余晖的柏油马路，路上的人不多，也不少，时不时有响着振铃的自行车经过，路边的大树又高又壮，树荫之间有四季的风景，有童声沸腾。

它串联着我的小三楼、军区大院、石头楼、银行大楼，以及许许多多的故事，汇入横贯长春东西的主干道人民大街……这里长大的，我的小伙伴们，有一个漂亮的小姑娘已经过早离世了，其他人，随着城市的变迁，各自西东，各有故事。

现在想来，那个年代的成人世界，是多么激荡波折，但我们很幸运，并没有被大人们过早带入他们的世界，而是通过秩序井然的学习和经历，渐入这个满是名誉得失的空间。不管是被有心庇护，还是无暇顾及，我们拥有了一段难能可贵的童真。

成年人的世界，最向往的就是童真，真人、真事、真学……可是又常常在无奈中指鹿为马，领会着“这并不可笑”的深意，然后，深深怀念童真。

这种文明和秩序的精神内核，

是外侵者无法懂得的，

它也使得每个人都能有序地行为处事，

乃至形成了一个地域的精致和平衡。

我们从哪儿来

在我很小的时候，奶奶回过一次大连。那是我印象中她唯一一次回老家。

回来以后，她很兴奋地说起老家亲戚们的事儿，只是那些名字我也不认得，所以也没留下什么印象。倒是有一件事我印象很深，就是她说的“家谱”。

这也是我人生中第一次听到这个词，原来大人们的名字是早早就在家谱上定好的。我爸爸，我叔叔，他们这一辈，男性中间字取“成”。我就问：“我的名字也是家谱上的吗？”我爸说“不是”，“为什么啊？”我又问，大人们聊他们的天儿，没人搭理我。

其实我还想知道一件事，这个家谱，是谁写的？一代一代后辈的名字，是谁定的呢？我没问出口，知道问了也没人理我。

印象很深的还有，那一次我奶奶带回来很多我从没见过的东西，巨大的蛤蜊，那壳比人的手掌都大，还有海螺，比拳头大，还有各种小贝壳，五颜六色，带各种花纹，特别漂亮，还有鲅鱼……

我奶奶说，她跟家里人去赶海了，天不亮就去了海边，那些漂亮的贝壳和小海螺都是他们用麻袋装回来的，还感慨："现在的海，不像以前了，我们小时候，东西多得捡不过来，像这种小个的，都没人要……现在不行了，少多了。"

大人们忙着收拾这些东西，分类，摘剪，清洗……哪些是不能久存的，要赶紧吃，哪些是可以晾干存放的，一样一样很仔细地归置好。

然后就是包饺子。我奶奶很兴奋，说用这些海鲜包饺子给全家人吃，是她惦记了很久的事，"过去，就爱吃海鲜馅儿饺子，那个鲜味儿啊，没有任何东西能比！"她说这些话的时候，露出一种少有的幸福感，很可亲可爱。

我奶奶是个女强人，平时表情很严肃的，也常常很霸道，说一不二。可是那一次，她整个人的状态都不一样了，柔和了许多，家里日常忙忙碌碌的氛围也随着她带回来的奇异的海鲜变得松弛有趣了。

那些小贝壳和海螺，成了我最好的玩具。我每天摆弄它们，搭成各种形状，还分给楼上楼下的小伙伴们，剩下的放在奶奶家的鱼缸里，一放就是很多年。

这一次让我知道了，我的老家，是一个叫大连的地方，那里有海，有我没见过的亲戚，还有很多我没见过的稀罕东西。最关键的是，我和姑奶奶家的哥哥姐姐们，和那些在异地出生、长大的小孩，有了一个遥远的共性。

那之后过了十几年，在我上高中时的暑假，我跟弟弟妹妹回去过一次。也不知道为什么，有一天我爸妈突然说，你们三个回老家去看看吧！然后就给我们买了火车票。可能他们觉得我们长大了，可以独立出远门了。

我们坐火车，再转汽车，到了一个地方下来，好像是叫金龙寺沟。大姑家的小哥哥来接，我们走了一段农田小路，不远处的山坡像画一般绵延起伏，天高云淡，绿野青山，现在回想起来，真像童话里的场景。

大姑家很大，有前后几间大平房，还有个院子。那一个星期，我们每天跟大姑去果园，要走山路，坡不陡，四周是密密的果林。大姑修剪果树，我们就在周边玩，采野花，抓刺猬。傍晚回家的时候，路过邻居家的杏树，满地都是熟透的杏，我们捡了很多，邻居拿着长长的木棍又打下来一些，给我们带回家吃。

还有一次，在下山回来的路上，我们遇到一位大叔，他用自行车驮着两大袋海虹沿途叫卖。大姑跟邻居借来一只大盆，装了满满一盆，好像一共只花了五毛钱。

那海虹黑色油亮的壳，一张一合的，肉汁肥满。回家后，大姑只用白水煮，不加任何佐料。那天的晚餐，我们几个小孩第一次饱餐了一顿海味，也第一次知道了，世界上还有像肉一样，但比肉还好吃的东西。吃不完的海虹肉，大姑又给我们包了一顿饺子，鲜美至极。

那是我们唯一一次回老家，也是我对老家的全部印象。然后，就没有后续了。我们回长春后继续上学，跟老家的亲戚联络是大人们的事，我们再也没有掺和过。

后来，随着“闯关东”这个词进入视野，我才知道，原来大连也不是我们的老家，山东才是。我太爷爷他们那一辈，从山东闯到大连。再以后，我离开长春到外地工作，再加上我爸生病，老家的人和事，也就再没提起过了，那根线也就断了。

本来以为，我妈是土生土长的东北人，可是前几年回长春跟大姨聊天儿，才知道我姥爷是徐州府的人。这么一说，我妈家这一支竟也是闯关东过来的。

曾经有人统计过，二十世纪初，东北人口数量接近 2000 万，其中有 1000 多万人是闯关东过来的。据说，曾有一场罕见的水灾袭击了山东、河南、安徽、江苏等地，大水冲垮了大运河，漕运不得不改道海上。依靠漕运生存的人们面临严重的生计困难，加上晚清时期各种苛捐杂税，很多人活不下去了，只能思变。于是，到土地辽阔人烟稀少的关外寻一条活路，成了许多人自我救赎的唯一途径，其中以山东人和河北人居多。

一路上，他们漂洋过海，钻山林、斗野兽、避土匪、挨饥饿……克服种种困难。其中一部分人，从山海关、古北口等长城各关口出关，进入辽沈。另一部分人，从山东半岛乘船到辽东半岛，比如从烟台到大连，只需一夜时间。我猜想，我爷爷他们这一支，就是这样到的大连。

流落异地从零开始的生活，艰辛境况可想而知，战天斗地的勇气和能力也都是被逼出来的。我奶奶讲过“土匪”，她说小时候，他们住的地方有土匪出没，他们那时叫“毛子”。一有毛子从山上下来，家家户户都大门紧闭，女人们用锅底灰涂脸，躲到床底下，男人们手握猎枪或棍棒，守在门边。不过她说，也有不那么坏的毛子，只抢大户人家的粮食财物，对穷人，他们是不动的。

闯关东的“闯”，还有另一层含义。东北是清朝的发源地，当时禁止关内人进入，所以这些人的大迁徙除了要克服自然环境的险恶，还要有突破规矩、硬冲硬拼的勇气。这种生存经历，也造就了东北人的一个特点——规矩没那么多，融入环境比较快，跟谁都自来熟。

这也造就了有别于很多中原地区、江南地区大家族式生活的东北人的生活方式。比如清明节时，我的福建同事不管工作有多忙，加班到多晚，都要留出一天时间回老家，参加家族的祭祖活动。在东北，从小到大，我只在大姨家见到过类似场面。过年时，大姨夫要先把饭菜摆在祖先牌位前，拜过之后，全家人才吃年夜饭。那时候，不懂事的我甚至觉得祭拜很好笑。对我们小孩来说，那些传统节日就是踏青、吃粽子和全家人聚餐的日子。

东北的土地上都是打散的小家庭，一切以生存为目标，以实用为法则，各家过各家的日子，不像南方，家族行为和家族观念普遍置顶，在过年过节的时候，这种差异越发明显。

这些年，社交平台发达，坐在家里，就能看到全国各地的朋友在传统节日的不同过法，祭灶扫尘，门联花灯，燃香祭祖，守岁拜年，走亲访友，放生祈福……有一个朋友，即便只是一家三口在北京过年，年夜饭也要满满当当做一大桌，大盘小碗、冷热荤素、煎炒烹炸……她的朋友圈真是把我惊着了，她说："这是老家的规矩，一年一顿的年夜饭，图的就是红红火火，年年有余。"

看着她充满仪式感的摆盘和家里张灯结彩的布景，那一刻我忽然觉得，有些老辈人的规矩，确实要守，守着守着，就守出味道来了。

有一次出差到西塘，我和早餐店的老板聊天儿。他说，这个店是祖上留下的老宅子，前店后家，他在这里出生长大，也从没想过要离开。那个清晨，水雾轻漫，烟波浩渺，一排一排像这样的老宅子在水边雾气中若隐若现，沉静又灵动，吸引着无数外地人不远千里，来感受这份水韵古风。不知道有多少人像我一样，会想起自己的老家。

后来到绍兴看鲁迅故居。前后六进，占地五百八十平方米。第一进为台门斗，是大门和二门中间的区域，是一个过渡区，可以让来人调整步伐和呼吸，从容不迫，从风水上讲，它也有防止家财外泄的作用；第二进为厅堂，是家族人公共活动的场所，会客、家宴、喜庆活动都在这里进行；第三进是香火堂，祭祀礼佛的地方，有祖先的牌位、治家格言，逢年过节，全家人要在这里进香行礼；第四进，有小堂前，是用餐会客的地方，有书房，有少主人的卧室，以及祖母、母亲的卧室；第五进为厨房；第六进为三开间平屋，中间有门通向百草园。

随着参观的人流往前移动，走着走着，我脑海里就冒出了一个词：秩序。这不仅仅是表面看起来的空间规制，透过这些，能感受到一种家族秩序，它关乎祖先和后辈，关乎长和幼，关乎男和女，关乎一个家族的运转逻辑。这种文明和秩序的精神内核，是外侵者无法懂得的，它也使得每个人都能有序地行为处事，乃至形成了一个地域的精致和平衡。

对绝大多数东北人来说，老房子是不存在的，从闯关东开始，就没有了。即便在东北落地生根，新的老家，也随着一代又一代的迁徙和变革，不复存在了。

至于我们这些从东北出来，到外地上学、安家落户的人，在钢筋水泥的文明和秩序里，建立了新的家。“老家”这个词，会越来越淡出生活。

我们不知道从哪儿来，也不知道要到哪儿去。

这话，长大以后再回想，

我才懂得，

其实他想表达的是，

年夜饭，吃的不仅仅是一顿饭。

年夜饭

圈楼，是我家年夜饭的开始。老一辈长春人应该都记得它，造型独特，是伪满洲国时期日本人建的，专门服务本国人，二十世纪六十年代被改为国营副食品商场。在我记忆中，它是跟过年连在一起的。

我爸是采购年货的大总管。这不仅因为我妈平时工作忙，一个更重要的原因是，在“吃”这件事儿上，我爸有“专业背景”，因而也自然成为权威。据他讲，他从师范学院毕业后，专门在长春饭店学了一年厨师。

我对他这个经历特别好奇，问他为什么去学，是不是想过要当厨师？他说："那倒也不是，就是喜欢。"我对美食的热爱，想必也是遗传了他的基因。

有这一年的经历垫底，他就是绝对的厨房大拿，平时家里三餐基本都是他主灶。那时我们和另外两家邻居共用一间厨房，每每他炒菜装盘时，总能引得邻居家阿姨的啧啧赞叹："曲老师炒的菜，看着就香，您有空也教我们两下子呗，别天天馋我们啊。"我爸被夸得扬扬得意，锅铲子翻动得越发起劲儿。

我还记得小时候上幼儿园，每个小朋友都要带下午的加餐，其实那时候也没什么花样，不过就是吃起来方便的一两片馒头片、烙饼之类的，但我爸常常给我带他亲手做的一种糖酥饼——把和好的面团擀平，铺上一层油酥，再撒一层白糖，然后卷起分割，再擀成小圆饼，在油锅两面烙熟。香香脆脆的，咬一口直掉渣儿。

幼儿园的小阿姨盯着我问："你吃的这个叫什么？"我傻傻地答道："是我爸做的糖酥饼。"之所以说"傻傻地"，是因为长大之后我才明白，小阿姨分明是想要尝一口，可是我这个傻小孩哪懂这些。这种饼一直是我们家的经典面食。我爸生病之后，我妈常常做，还加入了她的创新，加芝麻酱，加红糖。

圈楼在重庆路上，离我家步行将近一公里。他去圈楼采购时，我和弟弟妹妹就跟在他旁边当小兵。我们迈着小步紧跟在他身边，觉得好远，有一次问他："旁边不是有菜市场吗，为什么要来这么远的地方买东西呢？"他说："这里的东西全，来一次，就能都买齐了。"

圈楼，名副其实，是一个圆形的商场，各种食品分布在不同区域，要想采购齐全，必须得走完一圈儿。

我爸说得没错，圈楼的食品确实比普通副食店丰富多了。起码有几样东西，我就是在那里才见识到的。

比如笋，这是生长在南方的食材，东北天寒地冻没法保鲜。在圈楼的柜台上，它是用罐头盒装的，一盒里只有一只大冬笋尖，能吃好几顿。它会在年夜饭里出现，然后就是那几天家里来重要客人时，才会再现。我爸把它切成薄片，说它也叫"玉兰片"，然后跟木耳一起清炒，还起了个名——"黑白菜"。他说笋是竹子的童年，有节节高的寓意，而且清爽可口，很解年夜饭的油腻。

还有荸荠，也是用罐头盒装的，削了皮，白白净净的。我爸用它炸丸子，切成碎末拌在肉馅里，炸出的丸子不仅香气浓郁，还有荸荠颗粒的脆脆口感，很特别。

他每次到圈楼，至少要走两圈，第一圈先看，不买，一边看一边记下品类和价格，第二圈才出手，把他想要的东西一样一样采购齐全。除了那些新奇的食材，鸡鸭鱼肉和各种蔬菜也全部搞定，然后带着我们仨，肩扛手提地穿街过巷。

那个时候，一般离大年三十还有两三天，街上的过节气氛已经很浓了。这种浓，体现在很多细节里，比如店铺的门脸儿开始挂上红灯笼；街边卖花生瓜子炒货的摊位上，排起长长的队；卖冻梨冻柿子的卡车旁边聚满了人。还有行人的手里，除了像我们一样的大包小包，也能看见“福”字，或是一圈圈、一挂挂的爆竹……冰天雪地之间，人们哈着热气，帽子围巾上挂了霜，急匆匆往家里赶。偶尔，也会有爆竹声响，像是过年的序曲。

那两天家里特别忙碌，要做春节那些天吃的面食，他俩通常合作完成。有一种面食叫豆面卷，我特别爱吃。我妈先把黄米拿到专门的磨坊里磨成面，然后在家里的面案上开始操作。

整个过程包括和面、上锅蒸，晾凉之后擀成薄饼，再撒上豆面，卷成一个长长的卷儿，然后切成一节一节的小段，装盘，蘸白糖吃。我一般不蘸白糖空口吃，觉得更能吃出黄米和豆面结合的，纯纯的香味儿。

这种食物，有点像北京的驴打滚儿，只不过里面没有红豆馅儿，而且驴打滚儿是江米做的，豆面卷用的是黄米。这种大黄米是东北特产，著名的粘豆包，过去一直也是用它做的。只是后来因其产量低，渐渐被黏玉米代替了，不过做出来的粘食，口感和香味就差了一大截。

除了豆面卷，他俩还要蒸馒头、蒸豆包。炉火上的蒸锅一直在工作，家里也一直是热气翻滚的状态。大人忙着和面，煮红豆，捣豆馅儿，一案一案地包，一锅一锅地蒸，我们小孩就穿梭在面案和蒸锅之间，经常是水烧开了，我们仨一人两只手，拿着他们团好的馒头或豆包，争着抢着摆进蒸锅里……全家人在热气腾腾中忙得不亦乐乎。

这期间，我总要守着我妈碾豆馅儿的盆，等她把煮熟的红小豆加了白糖，用大勺碾成糊状，我就用小勺挖着吃，又甜又面又香。

炸酥肉的时候，我也主动给我爸打下手，其实就是用筷子不时地拨弄一下油锅里裹了面糊的肉片，看着它们慢慢变成金黄色，再以"尝尝熟没熟"的理由，夹起一块又一块放进嘴里。

这些都是年夜饭的前奏，不过在我记忆中，前奏的美好一点也不逊色于主乐章，而且把过年的氛围提前了、延长了，最重要的是，我们小孩可以参与其中，找到自己的快乐。

等到年三十那天，我爸大显身手的时刻真正到了。这时候，我们就只能在旁边干些剥蒜剥葱的小活儿，主战场上他是不让我们插手的。因为每一道菜他都有精心的计划，主料辅料如何搭配，如何在唯一的炉灶上统筹每道菜的工序，我们不懂，更不会干。

除了炖肉烧鱼这些常见菜，还有些复杂的尖端菜，比如溜肉段、拔丝白果……我们只能坐在桌边，等着他像变魔术一样，一盘一盘烹饪出来，然后听他一声号令，“做好了，来端”，争抢着去厨房端盘。

拔丝白果这道菜，现在用的是鸡蛋，可我们那时吃的，是肥肉。我爸说，因为肥肉是白色的，所以叫“白果”，这也是这道东北菜的正宗做法：把没有一丝瘦肉的白肉片用鸡蛋面糊裹住后，下油锅炸酥，然后放在炒好的糖浆里拔丝出锅。咬一口，甜酥，里面的肥肉直冒油，满嘴浓香。

现在人们怕肥肉，把主料改了，但其实，适当吃些肥肉对身体很有好处。我一直觉得食物就像人一样，也有自己的天性，天性无所谓好，也无所谓坏，用之得当，皆为上品。

那些年，在我爸掌勺的年夜饭里，在我的心中，这道拔丝白果就是全桌的灵魂，只有吃上了它，这个年才过得心满意足。

唯一不足的是，我爸总觉得家里的餐具不够理想：“等以后条件好了，要把咱家的餐具都换成配套的，小碟小碗，和这些盛菜的大盘子，都是同样的花纹，摆在桌上才好看！”

这话，长大以后再回想，我才懂得，其实他想表达的是，年夜饭，吃的不仅仅是一顿饭。

事实上，我们也的确从我爸在厨房忙碌的日常中，获得了重要的生活技能——做饭。以至于后来我们离开家门各自生活时，做饭从来都不是问题，甚至可以说是信手拈来。

当然，做饭这事儿也的确需要悟性，我自认为手艺还不错，但每次一吃我妹妹做的菜，就甘拜下风了，以至于后来很多年我家的年夜饭，都是我妹妹掌勺。不过有一次，我弟弟半夜从厨房端了一碗他自己做的炒饭给我俩尝，我们吃了一口之后，就直接把碗从他手里夺了过来。这当然也是我俩对他的一贯态度，他无奈，只能默默回到厨房，又重新给自己炒了一碗。

用我爸的话说，真正好吃的人，最爱的，还是自己做的那一口儿。这话确有道理，就拿溜肉段说吧，每次从外面点的，我都觉得味儿不对，口感就更乏善可陈了，哪里是溜肉段，简直就是溜面团。

真正的溜肉段，绝不会裹那么多面粉来充数，面糊里面要加鸡蛋，薄薄地裹一层，油炸之后外焦里嫩，再用配菜和料汁大火加工。趁着肉段外层还没有软塌，咬上一口满口酥脆。里面的精肉也不能含糊，要用猪里脊肉，而且事先要用料酒、盐和鸡蛋清腌制，才能软嫩入味。如果不是亲手操作，很难保证每一道工序都能做到位、不掺水。

到了北京之后，我也吃过不少东北菜馆，这道菜最能检验各家东北菜做得地不地道。吃过一圈之后，觉得还是雪松宾馆不错，位于马甸桥的吉林省驻京办，这些年一直没让人失望过，尽管这家店用了我的名字这么多年，每次去吃饭也不给我免单，但我还是很宽容地给身边朋友介绍这家馆子。

有一年，年前跟几个同事聚餐，我又提议来这家。席间几个小同事聊起回老家过年的话题，小马说：“家里人已经定好了饭店，三十晚上一起出去吃，省事儿，也节省时间。”

“省下来的时间干什么呢？”我接茬儿问。

“刷剧啊，”不等小马回答，小范抢着说，“现在过年没什么意思，我早早下好了几部剧，准备回家那几天突击完。”

“这么多剧，几天时间看得完吗？”我有点迷惑。

“看得完啊，我现在看剧都是快进，三倍的速度，一部剧一晚上就能突突完！”

啊，我愣了一下。

忽然之间，一个困惑我很久的问题，好像有了答案。身边总有人感叹，现在时间过得太快了。这个快，是不是因为，“快进”的动作被如此频繁又随性地，用在那些原本可以慢悠悠的日子里了呢？

快，留不下记忆，慢，却化成了诗意。

不过聊天中还得到了一个宝贵的信息，著名的生鲜商超送菜业务，开启了过年不间断的服务模式，这真不错。以前为了年三十晚上的那顿饺子，我总是担心当天顾不上买韭菜，都要提前好几天买来存在冰箱里，等到三十晚上用的时候，就打蔫儿了。这回好了，当天买，当天送，能确保韭菜新鲜。

看春晚时，和面，调馅儿，擀皮儿，再一个一个地，亲手捏一顿大胖饺子一家人吃，一年一次的年夜饭才算功成圆满。

●圈楼

●夕阳、跳皮筋、我的童年

福

●中央银行前的广场

有她在的时候，

小家庭有向心力，大家庭有运转核心，

日子过得热热闹闹的，

每个人的安全感和幸福感都很强。

所有失去的，会以另一种方式归来

说到端午和粽子，最初的记忆是我奶奶，每年端午，她都要亲手包粽子。

每每想到这儿，我都觉得，我们这代人算是幸运的，经历过家里有老人包粽子、包元宵的传统节日，现在在我的同代人里，很少有人在家里做这些事了，以后，就会更少了吧。

我之所以对奶奶包粽子这件事印象深，是因为，能做这样复杂又占时间的家务活儿，对她来说并不多见，除了春节的年夜饭，就是端午了。

跟我见过的她那个时代的大多数女性不太一样，别人家的奶奶基本以家庭生活为中心，买菜、做饭、抱孙子，但她不是。

从我记事起，周围人就都叫她“马主任”。她是街道办主任，每天忙得见不着人影儿。有几次早晨来不及送我去托儿所，她就把我一个人锁在家里，自己上班去了。这事后来被我住在楼上的妈严辞抗议，认为太不安全。

我妈在我出生一个多月后，因为要去南方学习，就把我放在楼下奶奶家。

可是在我的印象中，我奶奶的工作好像比我爸妈还忙。甚至有一次，她直接带着我去了打靶场。它是他们白菊公社民兵的训练场地，一位平时常逗我玩儿的叔叔，让我趴在他身边，教我看一支长枪的准星，瞄准前面的靶子。

我跟在她身边，还见识了很多当时不太懂，但是印象很深的事。一次，有一位叔叔来到我家跟奶奶谈话，说着说着，脸涨得通红，捂着肚子半天不吭声。我奶奶把他送走之后，跟我念叨：“这个小伙子可不是一般人，他在监狱里，为了能被提前放出来，就把打碎的玻璃碴子吃进去，现在落下病根儿了。”

她接着说，这个人的案子后来被证明是冤假错案，确实提前释放了，但身体也毁了，“现在来找我帮他安排工作，可是这身体，能干什么呢？”她望着窗外，半天不说话。

类似的事不少，家里来来往往总有客人，所以能在端午节给一大家人包粽子，对她来说实属不易。奶奶总在节前的那个星期天就开始忙乎了。那时的公休日只有一天，被她利用得相当充分。一大早，我还睡着，她就催我起床：“快起来，今天要去大集，起晚了就不带你去了！”她这种威胁法特别管用，对小孩来说，跟着大人去集市和去公园、游乐场一样，不可错过。

况且我知道，每次这样的采购，奶奶除了采齐她要买的东西，还会特意给我买一两样好吃的，比如一小袋高粱饴胶皮糖，或者是那个季节特有的，用报纸卷成纸筒装着的鲜红水嫩的红樱桃。那时候的樱桃跟现在的完全不同，是那种像小手指头大的，水水嫩嫩的小樱桃，皮儿薄得一碰就破，放进嘴里一抿就化，味道也是纯纯的酸甜，没有一丝杂味。

等我起床吃饭的时候，她已经穿戴好在门口等我了，我一放下碗，就被她拽出门。

那时长春的集市，其实就是开在长江路、光复路这样的商业街道，商贩们在路边摆摊儿，所有货品一目了然。她拽着我一家一家看过去，先选粽叶，时不时停下来拿起粽叶闻一闻，再用手搓一搓，跟我说：“有清香味并且柔韧度好的才是好粽叶，包出来的粽子香，煮得时间长也不会漏馅儿。”

选好了粽叶，还要买糯米和小红枣。她口才凌厉地跟商贩们砍价，其实我觉得，甚至都不需要口才，她一个眼神就能把人镇住。那双大眼睛瞪人的时候，我也瑟瑟发抖。

她麻利地把一切搞定，中午之前，我们就能赶回家。吃过午饭，她一刻也不休息，又洗又泡，弄得家里热气腾腾的。到端午那天，她先把这些东西铺满一地，自己坐在小板凳上，认认真真地包好一个一个粽子，充满仪式感。

我那时小，大概四五岁，就在旁边玩，也会被她手把手教。她手势精到，很快就能包好一个，四个角严严实实的。我学不好，但也能勉强包出一个来，歪歪扭扭地混在里面。到下午时，所有粽子都包好了，就用一个大锅煮，家里弥漫开浓浓的粽子香气。

晚饭时，我们一大家人坐在一起吃，边吃边聊起过去的事。“以前在大连时，我爹还给祖先的牌位上香呢，现在是新社会了，不搞那些封建迷信活动，不过粽子是要吃的，”我奶奶看着我说，“你爷爷最喜欢吃粽子，尤其是这种小枣粽子，他一口气能吃五六个。”

我爷爷走得早，我八个月大时他去世的，这是我见到的唯一让她伤感的事。“其实那天早晨，我要不是为了着急上班催他起床，可能他就不会犯病，犯了病要是让他静静躺着，可能就能缓过来……唉，都怪我，不懂医学常识。”我爷爷是犯心脏病走的，但我奶奶一直认为是她错误的急救方法导致最终的不幸。

我偶尔会看到，她把爷爷留下的一支猎枪拿出来擦。“你爷爷爱打猎，一到星期天就跨上摩托去郊外，总能打回一只兔子，或是一只狍子。”那猎枪比我还高，她一边擦一边说：“困难时期，咱家还能时不时地炖一次肉，多亏了他。”我爷爷有一件很厚很厚的呢子大衣，她也一直留着，每到换季收拾衣服时，我看见压在箱底的，始终都是那一件。

现在回想起来，我奶奶像一只老母鸡一样，护着一大家子人。她超强的生命能量辐射着力之所及的每一个角落，有她在的时候，小家庭有向心力，大家庭有运转核心，日子过得热热闹闹的，每个人的安全感和幸福感都很强。

后来奶奶走了，在我上大学时，我没赶上给她送终。随着她的离去，一个大家庭也就散了，各过各的，冷清了很多。

不过包粽子这事儿，我爸传承了下来，一到端午节，他就会重复那些程序，还加了自己的发明创造——不仅在糯米里放小红枣，还会放各种果脯，杏干、苹果干、桃干……那时我已经上班了，包粽子的过程参与不了，下班后，他就从冰箱里拿出各种口味的粽子，献宝似的给我们炫耀，强迫我们一个个都尝一遍。

说实话，他那些发明真不怎么样，酸溜溜的，我基本咬一口就放下了，最后都是他自己悻悻地打扫残局，还抱怨我们“没品味”，不接受新事物。

再后来，我爸病了，家里再没人包粽子。端午节我偶尔从超市里买回几个，随便吃吃应个景。那种没有家味儿的流水线产品如同嚼蜡，我基本是吃一个，其他冻在冰箱里，最后扔掉……很多年的端午都过得寂寂寥寥，完全不像节日。

倒是有一年的端午，我在公司的办公桌上发现一个小粽子，当时饿得不行，也不管是谁的了，剥开就吃，它是最普通的小枣粽，可是那个香啊！一下子就找回了童年记忆，后来一问，是同事的妈妈包的。

从那以后我就发誓，只吃手工包的粽子，如果没有，宁可不吃。小同事听说了，从延庆的家里给我带回一大包，都是她妈妈包的，糯米红枣和大黄米红豆两种馅儿。我藏宝一样存在冰箱里，隔两天吃一个，幸福了很多天。

原以为包粽子和吃粽子这事儿离我越来越远了，我生活里不会再出现一大堆粽叶，一大盆泡好的糯米，以及小板凳、慢悠悠的时光……就算想再吃一口我爸包的酸溜溜的粽子，也没可能了。

但是，它们某一天，竟然就不知不觉地出现了。

那年端午，我去嘉兴采访粽子传承人胡老先生。嘉兴这个江南温雅小城是粽子的发源地，粽子不只在端午节才有，它也是当地人早餐的主食之一，平常的一日三餐都可见到。

胡老先生带我们到工厂参观，浓郁的粽子香气滚滚扑鼻，流水线上工人们熟练的手势像闪电。那里不仅有红枣、红豆的甜粽，还有蛋黄鲜肉、春笋鸡肉、鸡枞菇鲜肉这些咸口粽子，尤其是腐乳肉粽，腐乳与猪肉搭配产生的特殊香气绵绵回味，让我对粽香的体验又提升了好几个层级。

一个地方的饮食文化，源起于当地的山山水水。百越古地，山水迷离，云雾缭绕。就算是普通的食材和配料，江南美食也无不精雕细琢，慧心凝聚。我的味蕾就像到了水乡，移步换景，曲径通幽。

老先生手把手教我包粽子时说："四角粽，包出来是四个等边三角形，紧实度要适中，不然的话煮在锅里，糯米会吸收过多或过少的水分，出来的粽子口感和味道都不会好……"这话好熟悉啊，分明是几十年前，奶奶的原话。

所有失去的，会以另一种方式归来。说的不就是现在吗？我原以为她不会再回来了。

但或许，那些我们以为失去的，只是走得快了一点，超过世人的步伐，在前面不知什么地方等着呢！一个人，一段话，一处场景，一次偶遇……又或许，他们根本不曾离开，萦萦绕绕守在周围，说不准在某一个瞬间，就会再次出现，以一种出乎意料的方式，重回我们眼前。

我奶奶活着和离去的时候，我都太小了，不懂人间和天上，以为她就这么离开了。我所接受的教育体系里，没有“死亡”这一课，在很长一段时间里，我都不敢回想关于她的一切。随着年龄渐长，我也渐渐想通了一些事，比如，死亡不是生命的终点，忘记才是。从这个意义讲，她从不曾离开。因为她爱我，而我，也从没忘记过她。

当然，她归来的时候，我已经不是小孩了，虽说再也回不到热气腾腾的大家庭，但，也不再害怕失去什么了。

或许以后，我也可以把它当作一件特殊的饰品，

佩戴在身上，让它不必一直被压在箱底。

它的时代虽然过去了，

但是它的那股劲头儿，不应该成为过去。

一枚徽章

大概在十几年前，我还在时尚媒体工作的时候，看到一条娱乐消息，一位好莱坞男星在出席颁奖典礼时，在笔挺酷帅的西服上佩戴了一件很反差的饰品，那是他爷爷在“二战”时立功的一枚徽章。众星云集珠光宝气中，那枚徽章显得古旧，也不够耀眼，却得到了格外的注目和礼赞。男星的名字记不得了，不过那枚徽章给我的震撼，一直回荡着。

原来，长辈的荣誉也可以以这样的方式再现于世，重放光芒啊！这个思路一打开，我就开始惦记我妈的徽章了。

那枚被她珍藏的徽章，好多年了，她偶尔会翻出来讲一讲往事。每当这时，我都觉得它过于寂寥了，好像跟当下的世界没什么关系。可事实是，每次听她讲故事时，我总能感受到一股莫名的能量，总觉得，这枚沉甸甸的徽章不应该只是用来压箱底。

徽章是五角星造型，正面有长白山和红色光芒的图案，背面刻字：吉林省革命委员会1979。这是我妈在1979年获得“吉林省劳动模范”的荣誉奖章，也是她的人生高光时刻。

据她说，获得这个奖励不久，有一天在全省工业系统大会上，省轻工业局长还在会上点了她的名：“你们看看徐雅芹，三个孩子的妈妈呀，一百零八呀，你们在座的男同志，哪一个能比得上她？”局长一边说一边比画“八”的手势，这个手势，也成了参会同事回到厂里后跟她打招呼报喜的方式。

那天她不在现场，而是在岗位上工作。同事们一回到车间就冲她喊：“一百零八呀！”喊得她莫名其妙，后来才知道，局长说的是她挣工资的数额“108”，意思是说，她一个女同志，能挣这么高的工资，连男同志都比不过她。

108元，这个数额在二十世纪七八十年代绝对算是高薪了，是我妈工资加奖金的总额，那时他们的奖金跟每月劳动成果直接挂钩，她拿到的是全厂最高工资，更是她工作成绩的象征。我爸是中学教师，每月工资 45 元，还不及我妈的一半，除去抽烟和买书的费用，养家的钱就更少了，所以我妈是家庭经济的顶梁柱。

尽管如此，我妈说，他俩从来没有因为钱的事红过脸，每月发了工资，他们就把钱放在书架上的一个固定位置，谁用谁拿，从不计较谁多谁少。

虽然没有因为钱红过脸，但他们经常因为别的事红脸，而且，不是一般的红。

用我爸的话说，我妈就是“我们家的江姐”，要是在战争年代，她一定像电影里的女英雄一样，战斗力强，而且绝不投降。这是在他们的无数次吵架中，我爸得出的结论。

他俩是楼上楼下的邻居，按辈分，我爸应该管我妈叫姑姑。他们户口本上的年龄相差五岁，不过，我爸不知是哪根神经发挥了作用，愣是认定我妈了，在我妈上学放学经过窗前的时候，先后给她递过三张纸条。

我妈不理他，他就改变打法，约打羽毛球，顺带聊天谈心。我妈觉得他难缠，就使出杀手锏，说“我户口本的年龄是假的，当年为了上学改小了三岁，实际我比你大八岁，所以咱俩绝对不可能”。但这招也没能让我爸改变心意，他列举了历史上女大男小的诸多名人事迹，说“燕妮比马克思也大几岁，年龄不是问题，说不定你也能成就一位伟人呢”，竭力以史实证明，在爱情面前，年龄不是问题。

我妈说，她后来同意的主要原因是，觉得我爸毕竟也算是个知识分子，有文化，能教育孩子，也有助于她的学习和进步。他俩就这样，成了一对现代版的“杨过和小龙女”。

然而，在现实生活中，他俩并不像神雕侠侣那么齐头并进，小龙女的武功明显高一个段位，成就也有目共睹。

我妈是孤儿，在她童年时，我的姥姥姥爷就先后离世了，她在亲戚家流转，后来被我大舅接到长春的家。那时条件困难，舅舅舅妈要养活好几个孩子，所以，我妈读完初中后就自主决定参加工作。

从我记事起她就特别忙，一周白班，一周夜班，马力十足，从不停歇。在家里的时间，也几乎手不离活儿，给我们做衣服、做鞋，常常到深夜。她总说：“我小时候没有得到父母疼爱，我一定不能让你们缺失，我能做的，一定都让你们得到。”

我们那时候小，对她这话也没什么感觉，迷迷糊糊地在她的羽翼下嬉耍玩闹，一点一点长大。现在想想，她作为三个孩子的妈，一边拉扯我们，一边还能获得工作上的殊荣，是一件多么不可思议的事。

她工作的单位是长春市灯泡电线厂，所在车间是全厂核心业务的生产车间，除了要带领车间工人完成生产任务，她还要解决很多技术难题。

有一次，厂里从上海进了一台新机器，因为不了解性能，害怕影响任务指标，大家都不敢尝试，我妈就主动做了第一个吃螃蟹的人。结果，头几天生产数量下滑，但随着对机器性能的掌握，产量很快就赶超上来，当月的完成额度大大超越了任务额。

类似的事儿还有很多。比如，机器出现故障时，其他技术人员难以应付，她凭借多年一线经验很快就能解决，让流水线顺利运转；厂里不受待见的落后员工，她也愿意收纳到班组里来，经过她的带动和帮扶，他们从落后变成先进。

前几天我和胖哥一起看了一部老电影，讲的是改革开放后上海造船厂的一位劳模面对世俗压力，在新旧思想观念的博弈中成长成熟的故事。回顾那个时代，除了热火朝天的生产建设，也有许多人情世故，不身处其中是难以想象的。

然而在我的记忆中，我妈跟她同事的关系都挺好。她批评过的同事，后来都成了她的好朋友，她说："一个人只要心里想得正，话说得在理，别人就能感受得到你是为他好。"所以她这个劳模在全厂选举时，是全票通过。

那时工厂里有幼儿园，我妹妹弟弟的童年都是在那里度过的。

下班回家的班车上，大人孩子一路说笑，互送零食。我妈后来讲，有一次她在班车上悄悄跟我弟弟说：“儿子，你上车后，就看着外面，别人给你零食时你别要，因为妈妈今天没带零食，不能回送给别的小朋友。”结果，我弟弟那天眼睛一直盯着窗外，任谁叫他或递零食过来，都纹丝不动。

后来有几个阿姨生气了，跟我妈发火：“老徐，你也太过分了，一块饼干还能让你欠我们多大的人情啊？快让大老虎接着！”我妈只好叫我弟弟，我弟弟才把头转过来。

现在想来，这些零零散散的小事，虽然不完整，却也能拼接出一段有底色的年代记忆。就像我前几天给一本杂志写电视剧《漫长的季节》影评里写的——我们今天常说“择一业，精一事，终一生”，那一代工人，过的就是这样的人生，这也是当下，很多人向往的生活。

与小龙女的专注和成就相比，杨过的职业生涯显得平凡，光芒明显不够。但这只是我们后来的认知，在当年，我爸凭他的口才和学识，在我们三个孩子的心目中，略占上风。

但他俩谁也不服谁，总是吵架。我妈认为，她当初对我爸寄予的希望并没有实现，除了纸上谈兵、舞文弄墨，他没有什么真本领。而我爸认为，我妈脾气太差，太犟，点火就着，没有女人味儿，也不懂浪漫。

有一次，我半夜被他俩吵醒，细听一下，是为了我妈的一份工作报告。那是她第二天要在厂里大会上宣读的总结，在她看来，这个关键时刻，总算能用上我爸一次了，就想让他帮着写。可是我爸写出来的稿子她很不满意，观点和角度都不对，他俩就为这个，吵了大半夜。

至于其他方面，对我们的教育方式，与朋友的交往，与亲戚的相处，家务活儿的干法与配合……他们无所不吵。总之，他们对大多数事物的看法都不一样，各执己见，一言不合就翻脸。

有一天晚饭前，我给全家人出了一道测试题：在森林里，你见到一头漂亮的梅花鹿，想象一下，接下来你跟这只鹿的关系。

我的预想是，我要上前去看一看它漂亮的花纹，最好能跟它做好朋友，一起去大森林里玩儿。这个回答遭到了我妹妹弟弟的不屑，说大森林里有危险之类的。

轮到我爸，他说："我要把它逮住，把它肉最厚的大腿割下来，炖肉吃，肯定很香。"

我听他这么一说，赶紧公布答案：这其实是你跟伴侣的关系，预示你们婚姻的状况。我妈一听，立马就戳破了我爸的邪恶心理，"看看，你就是这样一个自私的人，只想让别人为你付出"，继而，又启动了一系列对他的声讨和批判。

他们从我们小的时候，吵到我们长大，以至于后来已经参加工作、认为自己是大人的我和妹妹，曾经认真讨论过他俩的婚姻，觉得他们这样吵一辈子，都不快乐，还不如离婚算了，作为子女的我们有能力赡养他们，让他们过更好的生活。

这个想法，我们也跟他俩认真表达过。他们的态度是，要是分开了，绝不会拖累子女，也绝不会再见对方。这些话当然是说说就过去了，并没有什么行动，但我和妹妹相互勉励，以后等我们自己成家了，一定要以他俩为戒。

后来我到北京工作。2003 年的春天，我用积攒的一笔稿费带他俩旅行，去江苏转了一大圈。我爸对江南情有独钟，很迷恋那里水乡书香的雅致情调，我妈年轻时去上海和南京学习，也一直念念不忘，此行算是为他俩圆了心愿。

游到南京时，有一天早晨，我们仨背着包从宾馆房间出来等电梯，我爸忽然想起吃药的事。他那时已经患高血压，每天要吃降压药，可是那天忘记早晨是否吃过药了，就打开背包翻找，想从那板药片的数量上判断吃了没有，但还是得不出个结论。

看我爸纠结的样子，我妈又以她惯用的愤怒语气批判他："跟你说了多少次，用一个空盒，把一天的药量装进去，这样就算忘了吃，也能看得出来，你就是不听，蠢材。”

通常我妈这么一说，我爸立刻就会反击，可是那天早晨却一反常态，不但没生气，还抬起手在我妈的下巴上轻轻刮了一下，笑呵呵地看着她说：“就你聪明。”

再看我妈，脸色立马柔和下来，回了一句“烦人”，神情和语气里，分明带着少女一样的娇嗔和羞涩。

那一刻，我过去所熟悉的他俩之间的气场，瞬间就变了。晨曦朦胧中，他们像是一对正在恋爱的情侣。而我，看着他们，像见到外星人一样惊愕：天哪，原来他们是有爱情的呀！我一直所以为的，他们的争吵，他们的愤恨，是对婚姻的懊悔，是不甘不愿。我是多么的蠢，多么的蠢。

那个清晨，我对他们的认知也被彻底颠覆了，他们的婚姻，是那种无论怎么吵，也吵不散的婚姻。我忽然觉得，好羡慕他们。

再后来，我爸病情加重，行动不方便，经常犯些小错误。而我妈，并不会看在他是一个病人的份儿上忍让他一分，战斗力丝毫不减。

但我们想的，却是另一个问题。我爸需要专人照顾，为了不让我妈太辛苦，就给他们请了保姆，还跟她商量，是否要把我爸送到专门的养老院，把她解放出来，也过一过自己的晚年生活。但都被我妈拒绝了。她说，绝对不会让我爸离开她的视线，无论交给谁，她都不放心，就算再累，她也能承担。

事实证明，在护理我爸这件事上，我妈的行动力和创造力，也绝对堪称劳模级别，我们这些做儿女的实在望尘莫及。她有很多因地制宜的小发明，既行之有效，又节约成本。这些聪明才智，在过去常常被我爸冷嘲热讽，但也偶尔不得不叹服，确实比他技高一筹。

我爸的强项是有文化知识，会讲道理，但一上手，就露馅儿了。我妈却相反，不如我爸说得漂亮，却是实干家，里里外外的事，只要经过她手，一定干得漂亮。她这个强项，在后半辈子都用来照顾我爸了，整整十五年。

人真是有趣，有时候，火的外表下面可能是冰，冰的下面也可能是火；带刺的语言，可能是为了掩饰柔软的内心；冷嘲热讽，也可能是因为羞于赞美；嘴上说分开，或许正是因为内心不想分开……嘴上说一套，心里想一套，有时，也可能是另一种深情。

我爸走后，我们决定让我妈去广东跟我妹妹妹夫一起生活，南方空气好，有利于她的肺病康养。

走之前，正值十一前夕，我提议带她到天安门广场看看。在北京生活的这十几年，她几乎寸步不离我爸，也没来过广场。出门时，她问我，要不要戴上她的徽章。“对，对，带上，把证书也带上，”我说，并为自己的粗心暗暗自责。

广场上，国庆节气氛很浓，到处都是举小红旗拍照的游客。我也给她买了一面，让她戴着徽章，手举红旗和证书，以夕阳中的天安门为背景，拍了很多照片。拍照时，很多人走过来看她的徽章，她还有点不好意思。我跟她说，这是您的光荣。

小的时候，我们一直仰望能言善辩的我爸，常常忽略干得多、说得少的我妈。而这一刻，我觉得，终于弥补了一点我这份迟来的，对我妈的理解和敬意。

降旗仪式开始，全场静立合唱国歌，我妈也跟着人群放声高唱。八十多岁的老太太，腰板儿挺得倍儿直，精神头儿一点也不输年轻人，兴奋得像个孩子。

她们这一代新中国的建设者，在国旗下长大，在红色教育中成长，工厂就是她们的世界，工作就是她们的事业，进退同步，荣辱与共。她们是那么清纯透亮，一腔热血一生挚诚，毫无保留。身为女性，她们能吃苦，能扛事儿，从不服输。她们普遍都不太懂得打扮，也不注重外表，但她们以自己的方式，绽放了最高光的生命能量，在她们的时代里，活得激情而闪亮。

照片上，我妈胸前的徽章在夕阳中闪闪发光。几十年来，这还是她第一次戴着它出门。仔细看那枚徽章，是那个年代的审美和设计，但其实挺漂亮的。

我琢磨着，或许以后，我也可以把它当作一件特殊的饰品，佩戴在身上，让它不必一直被压在箱底，能时不时地出来亮亮相。它的时代虽然过去了，但是它的那股劲头儿，不应该成为过去。

我们按照他生前喜欢的风格，

给他穿了出殡时的衣服。

我把戴过的一条围巾给他戴上了，

我想留一个记号。

世上最好的朋友

父母终究会离开我们，但在这件事上，我一直做鸵鸟，不愿见这一天的到来。

我现在才懂，生命一点一点消失，说的不仅仅是自己，还有失去的亲人。因为他们是我们生命的一部分，是这世上最温暖最安全的所在。

我爸二十四岁有了我。这几十年，他陪我长大，我看他衰老，一晃而过。父母与子女，也不过就是几十年的缘分吧，快得让人想哭，又想笑。

我们姐弟三人，间隔不到两岁，我们是小孩子时，我爸还是个大孩子。我童年大部分记忆，都是他带着我们一起玩儿。他整天不是看书，就是跟我们玩老鹰抓小鸡，兴致来时，会一个箭步冲过来，揪住一个，再去抓另外两个，吓得我们吱哇乱叫四处逃散，整层楼乱成一团。

他那时天真可笑到什么程度呢？长春市人民广场的中心是苏联红军烈士纪念塔，最著名的标志是塔尖的大飞机，离我家五分钟路程。他常常带我们到那儿玩捉迷藏，还特别投入，让我们藏起来，他自己也藏起来，然后大喊一声“开始找啦——”，然后……我弟弟就走丢了。

所幸我妈早有防范，一直跟我们说，如果走丢了，“大飞机头正对的方向就是咱家”，我弟弟记住了，被一位“解放军阿姨”抱着送回家。气得我妈一辈子放不下这事，总会狠狠地数落他：“你个蠢货！你还真藏啊？你不会暗中瞄着孩子吗？你自己藏起来，怎么知道孩子往哪儿走啊！”

他那时除了跟我们玩儿，就是看书。他是中学语文老师，但涉猎之广远远超出业务范围。还记得我们小时候，常有他带过的已经参加工作的学生来我家，他们一聊就是大半天。我是从他们聊天儿中听到《文心雕龙》、《管锥编》，朱熹、郭沫若、陈寅恪、傅斯年……这些书名和人名的。

我爸写过历史剧本《司马迁》，厚厚的稿纸两大摞，给戏剧文学类杂志投了稿，没过多久，稿就被寄回来了。据他说，编辑还返回了修改意见，但他不认可，文稿就在书架上一堆就是很多年。他还报考过吉林大学历史系研究生，导师认为他专业科目没有问题，让他攻英语。那时，长春的外语普及科目是日语，为此，他需要从 ABC 开始攻起。那时我每天早晨醒来，听到的就是收音机里教英语的节目，他一边给我们做饭，一边跟着学，结果，英语考卷得了4分，被淘汰了。

但他对文史的热爱一如既往。我家那时住两居室的小房子，印象中除了必备的家具，都是书架，角角落落也被他塞满了书，还有很多线装书，一摞一摞的硬壳，蓝皮白瓤，书纸又薄又黄，他不让我们动，怕弄坏了。《人物》和《文史知识》是他常年订阅的杂志，这两种虽说是杂志，长得却像书，床底下、桌底下，犄角旮旯到处都是。

那也是我那时唯一能看懂的书。每次他拿回新的一期，我就翻开找熟悉的名字，然后读一读。他问我："能看懂吗？"我说："不多，大部分看不懂。"他就拿起一摞，逐本逐本地翻，翻到一些篇章就扣在桌上，或者把页脚一折，跟我说："这些你可能看得懂。"

他教我较多的是书法，四五岁时就让我练毛笔字。最初练的是颜体，他跟我常说的名字是颜真卿、柳公权、欧阳询、沈尹默……他经常把几本字帖拿过来，跟我讲各种体的区别和特点，讲他喜欢哪种，不喜欢哪种。

我觉得柳体好看，但他说，必须从颜体开始，因为“朴拙之美，才是大美”，给我讲颜真卿的经历和气概，还说：“你看庙堂、宅门大院的牌匾，几乎都是颜体的底子，只有这种字体放大了才镇得住，才磅礴大气。”我家只有一张书桌，我占三分之一练字，他用三分之二作画，任伯年、潘天寿、李苦禅、黄宾虹、齐白石、徐悲鸿……这些名字，我满眼满耳朵都是。

我爸酷爱中国书画，从我记事起，家里窄小的两间屋子，就几乎全挂满了他的作品，他画山水花鸟，画螃蟹大虾，还画我从没见过的枇杷、荸荠、大水蜜桃……没见过的，后来都成了我爱吃的。每画出一幅得意之作，他就会向我们炫耀和吹嘘：“看，我这幅虾其实跟齐白石的虾功力相当，只是他有名，我没名罢了。”

据说最早他还喜欢画熊猫。我妈怀我的时候正值夏季，有一天晚上起夜，黑暗中被挂在墙上、在风中飘摇的熊猫吓得惊叫，把他狠狠数落一通。后来，他就不画熊猫了。然而谁能想到，这几年我妈每天离不开熊猫，只要看电视，永远定位在歌华有线的“熊猫频道”，为此我给她买了个熊猫公仔，她每天睡觉放在身边。

后来我爸来北京，我带他去的第一站，就是潘家园的书画地摊，因为这类地方是他平时最爱逛的，尽管那时他已经坐轮椅了。我开着车从西五环到东三环，带着轮椅，然后推着他，逛了一大圈。路人投来同情的目光，可能都觉得我们不易，但其实根本不是，我特别享受这样的时光，能跟我爸一起讨论书画，帮他找他喜欢的字帖画册，比做其他事都让我开心。

他是我见过的最感花叹月的男人，一袭树影在他看来就是一幅水墨画，下雨或下雪这种在别人看来麻烦的天气，他会叫我们一起趴在窗边听雨声，看窗花的形状。一本画册，他常常能捧在手里看半天。我见他总盯着一幅画看，就问他："这有什么好看的呀，你怎么能看这么长时间？"他说："你不懂，这画越看越有味道，虽说就这么寥寥几笔，但意趣无穷。"

他还喜欢在平常日子里弄些小情小景。东北有一种黄色的大西红柿，每到春季，他就会买回来几个，先不吃，而是给我们看，"看这娇黄娇黄的颜色，多好看啊！只有春天才能见到"，然后才掰开分给我们吃。那种西红柿的颜色很特别，从顶部到根蒂由黄变绿，沙沙的，酸甜多汁，看它们、吃它们的过程，就像是迎接春天的一场小小仪式。

那时北方的新鲜水果不多，买来的橘子里，偶尔会有一两个带绿叶的，我洗时他就会说“别摘，带绿叶的橘子摆在盘里多好看哪”。那两只橘子因此最长寿，直到叶子干了，才被吃掉。

每天晚饭后，都是故事时间，他给我们讲鲁迅的《铸剑》，讲《范进中举》，讲铁扇公主和牛魔王，还有《三言二拍》里各种稀奇古怪的故事，太多太多了。他讲的时候绘声绘色，有时还带动作，比如凭空挥起利剑刺向我们，吓得我们三个抱着团往后躲闪。但他也有一脸严肃的时候，比如会让我们记住一些古训，像“纵有良田千顷，不如薄技在身”这样的话，他让我们要记一辈子。

这个习惯在我们长大后，就变成了聊大天儿。一到周末或节假日，我们一家五口一顿饭，从下午两点，能吃到半夜两点，天南地北地聊。夏天的时候，开门开窗，邻居们有时也会加入，直到把家里的酒全部喝光，所有人的眼皮睁不开了，才去睡觉。

现在回想这些，我都觉得很不可思议。一家人，天天生活在一起，怎么会有那么多的话要说呢？时间不知不觉地，就那么流淌过去了。

这当然还要归功于我爸，他有表达的天赋。据他说，小时候他就会讲故事，把他看过的《三国演义》、《水浒传》这些书变成一段一段的故事，讲给小伙伴们听。这项天赋，后来成了他陪我们长大的方式。他带动的聊天氛围，让我们在无意间有了这样一种认知——我们在他面前，什么都可以说，什么也不用顾忌。

很多年以后我才明白，那些看似无心的，自由又散漫的时光，想必是包含了他的许许多多的有心吧。只不过那时的我们，傻傻地肆意其中，浑然不觉，不觉得这些时刻，在我们的生命长度里，其实是多么短暂，也不觉得，这些光阴溜过去了，就再也不会回来了。

我上大学后，这样的聊天也就换了一种方式，写信。他一周给我写两封，有时是三封。那时在学校，同学们都盼着家人的信，我绝对算是最富有的，一学期下来，抽屉里就堆成了一个小山丘。

他写的信不拘形式，也不拘材质，手边有什么就用什么，方块格子的信纸，横条纹的笔记本纸，到后来，更多的是没有格纹的空白纸，大大小小，正反两面，密密麻麻的小字。

我感觉，他用这种纸写起来更随意自在，家里的事，单位的事，他自己的心情，对我的期望，跟我妈又生气了……内容无所不包。有时写完没来得及寄出，想起要说的话，就又信手拈来一张便签纸，随心所欲地写上一段。元旦时，他会用小卡片画各种小画，花前树下的小动物，各种有美好寓意的水果、花朵、山山水水……随信寄给我，让我当贺年卡送给同学。前两年，一位同学把保存多年的小画拍照片发给我，那一瞬间恍如梦境。

那时我每年寒暑假回家，第一个晚上必定要跟他聊通宵。家里人都睡了，我俩在厨房聊，眼看着天色变白，我妈起床做饭，把我俩撵回屋里睡觉。

我们讨论的话题，常常超出我妈的容忍范围。有一次他给我讲，他有个女同事，离婚后独自带儿子生活，不再婚，而是交往了多个异性朋友，还跟他说："我现在自由又滋润，决不会再婚了，跟谁结婚都不会比现在快活。"

我爸对这事的感慨是，其实人这辈子，不必按照固定的套路过，只要自己开心，不损害他人利益，完全可以有很多种活法。

这种谈话内容在我传统的妈看来，简直是"令人发指"，怕对我们产生不良影响，就跟他吵，但我爸能言善辩，总是胜出。

其实，他们的争执对我没什么影响，我至今都认为，每一个灵魂都有自己的判断和选择。受束缚的灵魂，可能活得憋屈一点儿，但初心并不会变。我爸给我们营造的成长环境，就是尽可能让我们拥有自由的灵魂。

想来，我爸可能还是某些女同事的男闺蜜，不然人家怎么会跟他说这些？在那个年代，能超越世俗，做到包容和理解异类的，并不多。这一点倒是影响了我，让我有了开放包容的思维方式，让我知道，善待生命的根本，是多一点关照心性，无论对自己，还是对他人。

他还跟我讲过，有一位女同事因父亲去世了，非常伤心，跟他说，父亲是她这辈子最好的朋友，父亲走了，自己连个痛痛快快说心里话的人都没有了。他为此跟我说："我现在和你们多说说话，以后我走了，你们还可以有很多回忆。"现在回想，他那时就开始为我们失去他，给我们做心理建设了。

只不过，我并不把他随口说的这些话放在心上。一直以来，他不把我们当孩子，我在他跟前，也不把自己当大人，工作以后南来北往走过了很多城市，在外面装模作样，一回家就原形毕露。

有一年春节，我从千里之外的单位回到家里，已经是深夜。听到外面久违的爆竹声，忽然玩心大起，打开窗户，坐在五楼的窗台上，恶作剧地把点燃的爆竹一个一个抛出去，然后捂住耳朵，听它们在黑夜中爆响。雪花和冷风灌进来，屋里温度骤降。玩了一会儿，自己也觉得不像样子，回头一看，他和我妈坐在沙发上，笑吟吟地看着我……那眼神，我至今想起，心里依然有丝丝的刺痛。

如果他一直健康的话，我们一定有更多的交流。可惜，他因脑梗，思维和说话能力日渐衰退。我这些年的喜怒哀乐，对人生的理解，对世事的体会，无法再跟他交流了，而我也逐渐懂得，我曾经自认为的成熟，在他看来，一定很幼稚。

一个成年人，对一个年轻人的想法和做法，未必都认可，包容和支持的理由，无非就是爱。

我在三十多岁时，有一次跟他认真讨论过我们的教育问题，批判他对我们过于宽松。那一次，他很沉默。尽管当时我就后悔了，但并没想通自己错在哪里。时隔多年后，我明白了，我爸是在用他内心对“美好人生”的理解，陪伴我们长大，那就是：懂得爱，让自己更智慧，让生活充满阳光。

失去他以后，我仿佛也获得了一些东西，就是对爱的重新理解。

有爱的人生真是美好啊，不论付出，还是得到。如果说血亲之爱是人之常情，那么超越血缘的理解、包容、温暖和慈悲，就是爱的更高境界了吧。这个境界，值得用后半生去尝试和体验。

我爸走的时候，我们按照他生前喜欢的风格，给他穿了出殡时的衣服。我把戴过的一条围巾给他戴上了，我想留一个记号。因为他不仅是我的爸爸，也是我在这世上最好的朋友。

我想在来世，还能找到他。

一个个小家庭，

乃至整个大家庭，

只要一想起她们，

都会共感一颗易动易软易碎的心。

三坛子珠宝

结婚之后，婆婆来我们北京的家小住。

有一天晚上，她忽然捏着一枚白金钻戒递到我眼前，说："给你的，你们结婚的时候，我也没准备什么东西，这是我前两天逛商场给你买的。"

啊！我惊愕得张大了嘴，接过那枚戒指套在中指上，竟然不松不紧，正正好好。

"您啥时候量的尺寸呀，咋能这么合适呢？"我问她。她来的这些天，我们白天上班，她自己各处溜达，从来没提过这茬儿。

"我用眼睛量的，"她笑嘻嘻地说，"还有你戴的戒指，我也看了，又跟柜台服务员商量的，觉得这个尺寸应该可以。”

这下我想起来了。前几天，她把我手上戴的玩具戒指要过去，看了又看，还套自己手上试了试，我以为她就是看着好玩呢，想不到，是要给我个惊喜。

这可真把我惊喜到了。我把大戒指从右手摘下来，戴到左手上，翻来覆去地戴，怎么戴都合适！嘴从O型变成了U型，咧到耳朵边。我虽然不是财迷，可还是觉得，闪闪亮亮的大钻石从天而降，这个世界变得更加美好了。

看着我稀罕地摆弄来摆弄去，婆婆叹了口气：“唉，你们这代人啊，也没见过啥好玩意儿，这么个戒指就稀罕成这样！”

“当然，钻石啊，谁不稀罕……等等，您什么意思？还有更好的玩意儿是我没见过的？在哪儿？”我听出老太太的话外音了。

“早前儿，我们家埋在后院里的三坛子珠宝，可惜啊……”

啊，三坛子珠宝！

“可惜什么？都没了？”我赶忙问。

“那个年代兵荒马乱的，早就没了！祖宗攒下的宝贝啊。”

“天哪，都有什么宝贝啊？”

“嗨，就是那些玩意儿呗，玛瑙，翡翠……”

“有蓝宝石吗？有祖母绿吗？”

“宝石有，红的绿的蓝的，各种各样的颜色都有……三大坛子呢，啥没有！”

天哪，天哪，五雷轰顶，感觉一个亿从我眼前飘过。

我正盘算着呢，婆婆又讲起她小时候的事儿。

她爹，也就是胖哥的姥爷，一辈子省吃俭用，精打细算，攒了点钱。但还是抠得要命，只供儿子读书，不肯供我婆婆她们姐妹三个，说“女孩子要嫁人，读书就是糟践钱”。

为这事儿，姥姥跟他吵，吵不通，就举起手里的大烟袋锅子，一铜锅，砸向姥爷的脑袋。姥爷额头上瞬间就鼓起一个大包。这个大包，换来了姐妹三个上学的机会，改写了女孩子们的人生。

“你姥姥的家也是富裕人家，算得上大家闺秀了，读的是洋学堂，有见识，所以拼了命也要让闺女们上学，后来我们的学费啊，都是你姥姥的嫁妆呢。”婆婆说。

解放后，婆婆她们姐妹三人都学有所成。婆婆成为新中国培养的第一代教师，教高等数学，是长春市最早组织和推动奥数的教育者之一。

在北京小住的那段日子，有时候朋友聚会，她就凑到小朋友旁边，抓起一把牙签在桌上摆弄，跟小孩玩数学游戏题。我插空听了几句，发现她讲得挺有意思，不仅解了题，还把其中的逻辑规律讲得浅显易懂。我这个数学渣，要是早点遇到这样的老师，估计高考分还能再多点儿。

婆婆性格开朗，身体也不错，八十岁时还健步如飞。

有一年春节，我和胖哥带着她和我妈去吃东北菜。饭店在地坛附近，时间还早，我们陪两个老太太在路边溜达，草坪旁边一只长椅正空着，在冬日暖阳中显得挺有意境。胖哥举起相机就拍，婆婆看不过去了，冲他喊："拍空椅子有什么劲哪，你俩坐这儿，给你们拍合影！"老太太一辈子当教师，练出一副大嗓门。

我和胖哥并排坐在椅子上，我婆婆举着相机对焦，我妈在旁边参谋。本想她们拍一张就罢了，可是两个老太太特别认真，一边商量着选角度，婆婆一边喊："你们这样坐不好看！"又冲我说："你坐他腿上！"

当着两个老太太的面，我真有点不好意思。可是看她们那劲头儿，不坐她们就不按快门，我就勉强坐到胖哥腿上。

"不行不行，这样太死板，你把手搂在她腰上，"婆婆的大嗓门又冲胖哥喊，加上我妈在旁边起哄，"对，亲密一点儿！"惹得旁边路人都扭头看我们。

我的妈呀。那一刻我真有点晕，到底谁是老太太？跟她俩比，我俩倒显得保守了。这张照片终于拍成，我后来给它配了相框，一直摆在书架上。说实话，老太太的构图还真不错，人景融合，氛围感很足。

婆婆爱画画，年轻时工作很忙，还挤时间画画、绣花，家里的床单、被罩、枕头套上都是她绣的小花花。退休后，她专攻国画，画的牡丹不仅是常见的红色，还有绿色和紫色，水墨之间浓淡呼应，很是清新雅致，亲戚们纷纷索要。

跟她求画的表哥表姐们，都是二十世纪七八十年代的大学生。那时刚刚恢复高考，报考者众，录取率低，很多人知难而退。周围邻居家的孩子有经商的，有出国打工的，可是婆婆从没动摇过，不仅把自己的三个孩子都送进重点大学，还竭力帮助表哥表姐们复习功课、选择志愿，二姨家的表姐考试前还被她接到家里住了半年。

我后来跟婆婆聊过这个话题，她说："人到什么时候也得有文化，很多事儿才能看得明白，也才能干得明白。"

为了方便她画画，姐姐家专门给她腾出一个比较宽敞的空间，任由她铺张折腾。我们每次回长春，都看见她的独立王国里挂满了大作，各种绘画用品归置有序。

有一次，她铺开一张刚画好的牡丹，让我帮她题字落款。我虽说有点书法的功底，可是也好久没摸笔了，怕写不好，她笑嘻嘻地做我的思想工作："没事儿，你就写吧，可以先在白纸上写几遍，然后再往这儿写。"她指了指画的空白处，我只好硬着头皮，写下"富贵吉祥"。她高兴地拍手："好哇，这就是咱俩共同完成的作品了，赶明儿我把它裱起来，留作纪念。"

她后来，果真把自己满意的作品装裱好，还拍了照片，分别做成三个小相册，留给我们和两个姐姐每家一册。相册的四封，是她用白纸手工包装的，所有接缝都用胶带粘贴严实，整整齐齐的，封面上，用钢笔工工整整地写了"画集"两个字。翻开封面，竟然还有目录，标注作品名称、时间、地点……现在翻看这个小画册，有绚烂多姿的红牡丹、绿牡丹、紫牡丹，有水灵灵的葡萄串儿，有大公鸡、仙鹤和虾，还有她小时候住的雪乡的家……题材丰富有趣，画得活灵活现，越看越有味道。

有一年，我和胖哥率领两个老太太去桂林旅游，一路上，在所有进站、出站点，我俩很自然地一前一后，把她俩护在中间，婆婆悄声跟我妈嘀咕："我看明白了，他俩这是怕咱们掉队啊，一个开路，一个断后。"

其实，她这一路上操心一点也不少，每次住酒店，都要仔细检查门锁窗锁，吃完饭离席，她要巡视一圈儿，看有没有落下东西，转移下一个游点时，她要核对行李的数量。

一路上，她不时地在随身带的小本本上记下几个字，或一段话，有地名、菜名，景点的诗句，还有她的观感……回到家里，她用一整天时间，在一张 A4 纸上密密麻麻地写了一篇游记，所有的行程，她的感受，都有详细记录。

我下班回家，她笑嘻嘻地把这篇游记递过来，让我帮着校对："来看看，有没有错别字，有没有漏下的地方。"我当时觉得很好笑，搞这么正式，也不嫌麻烦。

过了好些年，有一次我在一个笔记本里翻出这篇游记，忽然就是心头一震，那字里行间，透着我们在一起的宝贵时光啊。我们当时年轻，并不懂，以为后面的路还长，游玩的机会还多，而婆婆，一定是在用心留住每一刻时光。

事实上，那也的确是我们最后一次一起远游。山高水远，我们跟她们共处的时间太短了，太少了。

我把这篇游记拍了照片，发到家人微信群里，家里人都很感慨，夸赞老太太记得详尽，写得工整。

其实，这也是我特别佩服她们这代人的地方，干什么都那么认真，那么有始有终，那么让人心里踏实。她们这一代，生在旧中国，长在红旗下，鲜有香闺雅韵，尽是冲天的丹心。时代铸就的一个个铁姑娘，现在变成了一个个钢铁老太婆，一个家族只要有她们在，就有了思想中心。一个个小家庭，乃至整个大家庭，只要一想起她们，都会共感一颗易动易软易碎的心。

我们回长春时，亲戚们总会组织一次大的家庭聚会，表哥表姐们从东北各自生活的城市赶来，大家围坐在一起，聊着家常，聊着过去和现在。有一张聚会大合影我一直珍藏着，婆婆她们三姐妹坐在中间，后面围聚着我们这些晚辈。

前几天翻出这张照片看，我忽然觉得，她们，不就是这世上最珍贵的三坛子珠宝吗！

我们离开家乡时总是义无反顾，

可是许多个心动、欣悦甚至震颤的时刻，

又都有故乡的影子。

雪落下的声音

可能是对声音比较敏感，我很小的时候就觉得，一下雪，周围会变得出奇地安静。

原以为这只是我的主观感受，后来看到一篇科普文章，雪花的结构可以吸收声音，因为中间有许多细小的空隙，能使声波在里面多次反射，从而使声音减小，尤其是刚下的雪，非常松软，会让这个世界更加安静。

从 10 月到第二年的 5 月，长春的雪一下就是半年。

这个时间点，我记得很清楚，因为有两件事为证。

有一年，我上高中时，校园里的丁香树开花了。我就读的长春市实验中学是一座日式建筑，最初是“满铁商业学校”，凹型的三层楼，有操场，正门两旁有花园。一到春天，花园里的丁香树绽放，即使坐在三楼的教室里，也能闻到花香。课间休息时，我在树下捡到一枝被积雪压落的丁香花，然后随手从地上抓起一把雪，团成一个雪团，把丁香花插在雪团上，摆在课桌的一角，看着它慢慢融化。

长春丁香花开花的时间，就是5月。

至于10月，那是我在石家庄上大学时的记忆。在第一年“十一”国庆联欢舞会上，竟然看到有女生穿裙子，当时惊得我，一下子就爱上了这座中原城市。因为在长春，我的家乡，家里人来信说，他们已经穿上了棉裤，准备迎接即将到来的第一场雪。

跟我一样惊喜的，还有南方同学，不同的是，他们因为“见到了人生第一场雪”而兴奋。

那年，石家庄的第一场雪是半夜下的。第二天一大早，我还在睡梦中，就被海南同学的大呼小叫吵醒了，“快起来，快出来……”她跑出去，又跑回来，试图把全宿舍人都喊起来出去看雪。睡在上铺暖和被窝里的我觉得真好笑，不就下个雪，至于吗？

读大学的经历，让我们都开启了各自的很多个“第一次”，从此看世界，也看不同的人生。貌似，那也是促使我后来真正离开长春的第一颗思想种子——要去一个冬季不那么冷的地方。其实人们决定去向的出发点，不过就是两个，身体的舒适，或精神的舒适。

小时候不懂这些，喜欢下雪，喜欢它覆盖所有的土坡，很长时间不会融化，形成一个又一个半雪半冰的大滑梯，那是我们最爱的天然游乐场。坡越高越陡，往下滑就越需要勇气，小孩子们无所畏惧，挑战和比拼的壮举在一个比一个高的雪坡上得以实现，又痛快又刺激，到处都是惊叫和欢呼声。

这种游戏只要一玩上，就是大半天，大人不叫，不会记得回家吃饭。当然，晚上到了家，可就没那么舒坦了，衣服裤子上满是冰碴、泥污，少不了被大人骂。更要紧的是棉鞋，全被雪水浸湿了，得放在火炉旁边烤，有时候要自己守着炉子，翻过来倒过去地烤，只有烤干了，第二天才能再出去玩。

上学以后，爱雪的原因又多了一个，就是不用上课了。只要一下雪，全市人民总动员，集体扫雪。所以那时候家里都备着铁锹，对小学生来说，在校园里扫雪，铲雪，堆雪……不就是玩儿嘛，一上午就在嬉笑玩闹中度过。

大人们也一样，各家自扫门前雪，只有先把路面的积雪清理干净，才能恢复正常的生活秩序。不仅自家门口，还有被分配的公共区域。有几次我们扛着铁锹和扫把，穿街走巷，从我们学校长春市第一实验小学一直走到人民广场。这片空旷的广场离我家很近，也是我最常来玩的地方，但和同学们一起扫雪还是新鲜事。

虽然是小孩子，但也从中摸索出一些分工协作的经验来，比如什么情况下用铁锹的正面铲，什么情况下要用铁锹的背面铲，前面的同学铲完，后面的同学马上就用扫帚清扫到路两旁，这样很快就能露出路面，而不至于让积雪再次冻结在地表。

广场的旁边就是人民大街，那时候叫斯大林大街。路上驶过的“大公共”偶尔会发出一声鸣叫，平时觉得刺耳的声音，在有雪的空间里会变得柔和很多，甚至还带着些微弱的回响，无论是车还是人，往日里急匆匆的状态都慢了下来……很多年过去了，那画面和声音依然在我的记忆里，如今想起来，就像是一幅白茫茫的流动的雪景图。

跟雪的无限亲近，成就了北方人对雪性的了解，了解它，也就不怕它了。

北京的雪虽然没有东北大，但一年也总有那么一两场比较成规模，称得上是下雪了。有一次，早起看见窗外雪花纷飞，胖哥说：“今天下雪，你就别开车了。”我脱口而出：“咱是东北人，还怕雪吗？”

我是在长春学的车，教练很耐心，不仅教车技，还讲故事，其中一个我印象特别深。他说，一位开“大公共”的老司机，行驶在早高峰路上，前面一个骑自行车的路人突然滑倒在大车前，大车的惯性加上雪地打滑，眼看着刹车是来不及了，“你们猜，这时候老司机是怎么做的？”教练端起茶杯，故意卖着关子。

大家伙听得心惊肉跳，“快说，快说！”恨不得上前捶他。

教练喝了口茶，冲我们诡异一笑：“老师傅紧盯车轮，就在轮胎已经挨上路人和自行车的一刹那，把方向盘一掰，车轮就横了过来，利用轮胎在雪地打滑的特性，把人和车齐刷刷地推了出去。”

“啊——”众人一阵惊呼，松了这口长长的气。

教练接着说，要做到这一点，不容易，你首先得沉着，不能慌，然后得把握好车轮和路人接触的那不到一秒钟的时间点，不能早，更不能晚，你还得用恰当的力度掰方向盘，不能力小，也不能力大，否则就有翻车的危险……这几点都做到，才能把握住车轮和雪性的结合，避免灾难。

可见，虽然雪天路滑或有险情，但也不用慌，稳住了，就能过得去。

在北京定居后，我反倒想念长春的雪了，洋洋洒洒漫天飞舞的大雪，和它带来的安静纯白的雪世界。现在城市管理能力提升了，设备也更先进，不用全民扫雪了，但我却不想雪那么快被清理干净。能在雪花纷飞的时刻享受一段熟悉的惬意时光，几乎成了每年冬天我的期待。

有一年，我工作的地点恰好在故宫角楼附近，快下班时，忽见办公室的窗外飘起雪花，而且是落在地面不会很快融化的大片的雪花。这真是天赐良机！要知道，能在雪中观故宫，并不是那么容易遇到的。

故都古城的风景，一年四季都有它独美的一刻，比如南池子大街上皇史宬那段红墙，秋季下午 5 点以后，西落的阳光映照其上，才是最佳的观赏时间，一到这个时段，满街都是来打卡的游客。在北京生活这么多年，我也就遇上了一次。那得是既有时间，又有老天爷赏赐，还得行程路线契合……偌大的北京城，能在每一处景观的各个季节都观赏到它们的最美姿态，真得凭点儿运气呢。

我穿上羽绒服，就扑进雪中。

不出所料，钻出胡同，隔着马路，就看见角楼外的围墙边站满了人，铁粉儿们长枪短炮已经进入状态了。端着小手机的我，顾不得设备的简陋，冲进队伍里。当然，对准角楼的那一瞬间，就发现，设备其实不重要了，屏幕里，已然是一番绝美的天上人间。

片片白雪，落在角楼的琉璃瓦上，落在城墙上，落在护城河里，轻舞漫扬，如同梦境。眼前的紫禁城，独立于烟波浩渺的护城河面，清冷空灵。那一刻，让人不由得会产生幻觉，游离于时空之外。五百年前，五百年后，它还是它，或许，它已不是它。那些曾经的风云变幻，发生过吗？有过，或没有过，又有什么不同？只有眼前飘落的白雪是真实的，它穿越了时间隧道，由远而至，又远又近。

我拍了很多雪景。正值下班时间，路上人多，车也多，但并不喧嚣，如我曾经很爱的家乡的雪天一般安静。

晚上回家，整理照片和视频，发了朋友圈。然后，意料之中，瞬间收获许多盛赞。南方的朋友纷纷表达恨不能见的怅然，求借图，求转发，还有要约在角楼里温酒烧茶的……心情可以理解，邀约也出奇地创新，一场雪中的角楼，勾起了南北各地的心潮澎湃。

雪就是这样奇特，一年四季风霜雨雪，唯有雪，像邂逅，像轮回，像爱过之后的离散，又像久别之后的重逢。它能让你无所顾虑地置身其中，即便眼前车来人往，也可独享一份清冽和宁静。它能为烦嚣的人世间，蒙上一层看得见的诗意，留下一刻短暂的浪漫。

人也是这样的奇特，我们离开家乡时总是义无反顾，可是在许多个心动、欣悦甚至震颤的瞬间，又都有故乡的影子。即便光阴不再，鬓有斑白，那影子却从未散去，甚至越来越清晰。而我们，就像是贪玩的少年，无论走了多远，也不过是画了一个又一个，或圆或不圆的圈。

朋友圈里，有位杭州朋友留言说："来看西湖的雪吧。"

西湖的雪，只在照片上见过，那又是一番绝世的韵致，对生活在京城的我来说，想必更难遇见，不仅要有运气，还得寄希望于缘分了。要到何时，我能身在西湖边，而天上正好降下一场雪呢？

就留着这个念想吧，说不定哪天就实现了呢。从东北的雪，到北京的雪，再到未曾谋面的西湖的雪……雪越下越薄，而我对雪的期待，越来越厚。

遇见的很多，相知的却太少了
所以，被触动的那一瞬
就如天外来音
洪亮而悠长

人终究是孤独的
能有这样的遇见
已经很幸运了

Chapter 2

所遇

“但愿你会记得，永远地记着，

我们曾经拥有闪亮的日子。”

闪亮的日子

每次回长春，我和胖哥都要到吉林日报社的旧址老楼去看一看。虽然报社早已搬进了更高更敞亮的新办公楼，但对我们来说，这座老楼却是唯一的，我们对报社的记忆。

这栋楼，坐落在长春市人民大街 68 号，是一座伪满洲国时期的建筑，L 型，五层高，我在这里工作时，楼体是棕褐色的，一眼看去，有浓浓的年代感。

三十岁之前，我在晚报，胖哥在日报，虽然不是同一时段，但这里，有我们抹不去的年轻时的回忆。每次围绕它溜达一圈儿之后，就在附近找一家小馆坐坐。周边不及过去繁华，美食依然很多，安静的西餐厅，或是特色浓郁的朝鲜族冷面馆，抑或是地道的烧烤店。

最近一次回去，大楼改成了手机卖场，一进门的左手边，独辟出一个挺清净的咖啡厅。我们回忆着，这里以前好像是报社的阅览室。坐在里面，一段独属于它的时光带我们重温了远去的，却熟悉如昨日的气息。

而我对它的熟悉，远在到这里工作之前。

我在长春的出生地，就在崇智路上的一栋日式三层小楼，跟这栋大楼的直线距离不过几百米，中间隔着省人民银行，它门前的广场是我记事起最主要的游乐场，童年时的许多记忆，都在这里。

站在广场前，眼睛的余光就能扫过马路对面的报社大楼。当然，那时我无论如何也想不到，这会是我后来工作的地方。

我大学读的是会计专业，也是之前从未想过的。四年下来，并没有培养出对这个专业的兴趣，大学里最多的记忆，要么是在图书馆自习室里看各种书刊，要么就是对学校各类文娱活动的热情高涨。回长春后，我进入吉林团省委主办的一份报纸做财务工作，但最不可救药的是，每个月的最后几天，我要让也做会计的妹妹给我帮忙，而我，一得空就坐在旁边写着小作文，乐在其中。

当时报社的领导是我很敬重的一位长辈孟主编，老爷子性格率真、为人宽厚，对我们这些年轻人像对自己的孩子，知道我喜欢写字，就在每周一刊的报纸上为我开设了一个散文专栏。这对我来说像是神的眷顾，每次要交稿的前一两天，我几乎都熬到后半夜。

稚嫩的豆腐块文章发表出来，受到周围人的鼓励，然而我依然茫然，每天的主业是财务，大部分精力和时间都要应付那些无感也无趣的事，完全不知道未来的路在哪里。

有一次，我到朋友单位玩，拿起桌上的一张《吉林日报》随意浏览，忽然就被一句话击中了，我现在不记得那是一句什么话，也不重要，重要的是，那一瞬间的感觉，像一股电流传遍全身，身体里一种很深层次的觉知被挑动了起来，一下子，人就清醒了。也就在那一刻，我明白了，跟文字有关的事，才是我要做的。

没过多久，我在《城市晚报》上看到一则招聘副刊编辑的信息。当时的晚报，是吉林日报社主办的全省唯一一份省级晚报，也是省内影响力最大的主流都市报，对我来说可望不可即。但就像被无形的手牵引一样，我把简历和之前在报纸上发表过的小作文寄了过去，大约一周后，接到了一个电话，通知我去报社面试。

那是我第一次走进这座大楼。面试的地方在二楼，面试我的人，就是副刊部主任任白。那时候，我听见办公室里的人叫他“任哥”，后来这也成了我对他的称呼。

现在想来，二十世纪九十年代，一个无专业无背景的文艺青年，能单纯地凭爱好和一点点特长，顺利进入省级报社，做理想的编辑工作，那真是一个纯真美好的年代。

报社大楼是个“古董”，是伪满洲国时期“东洋拓殖株式会社”投资建造的，里面驻有“东拓”和“满业”两大“豪抢巨头”，从名字就能看出来，这是日本人掠夺东北资源的大本营，解放后曾经为吉林省军区使用，1970年报社搬进这里办公。

副刊部在二楼靠北侧的一间办公室，窗外是车水马龙的人民大街。神奇的是，站在窗边往远处看，居然能看见我曾经的家，崇智路上的那栋小楼。虽然那时我家已经搬到胜利公园附近的新房，但每天来上班，对我来说，就像回到老房子一样。这周围的一切，我都太熟悉了。

大楼是钢筋混凝土框架建筑，过去了六十多年，从里里外外的细节依然能看出当初的重工和豪华。据报社前辈回忆，之前对大楼改装加盖楼层，需要把部分墙体敲掉重筑，施工队费了很大力气，感叹大楼建筑材料的扎实和楼体的坚固程度，远超于后来的新建筑，再过一百年也没问题。而我那时的直观感觉是，即便是三伏天，一进到楼里，也会唰一下就凉爽下来。整栋大楼没有空调，但坐在办公室也能感到空气通畅，不会有丝毫闷热。

我最初的工作，是编辑制作一周一版的“晚风”副刊，从选稿到编辑，在版式纸上划版，送交激光照排部排版，然后走三审三校流程，直至付印。

这些对我来说都是第一次。那时报社收到的社会投稿很多，尤其给副刊部的文学类稿件，散文、诗歌、随笔、小说……种类繁杂。我每天到办公室头件事就是拆信、选稿，整理各个渠道汇集过来的稿件，初选之后加上稿签备用，办公桌右角堆得像小山一样。

最初，任白教我如何确定每版的头题，如何在一个版面上选编调配不同类型的稿件，以及划版式的规则、图文结合要求，等等，出过几期之后，他就让我独立完成，只在关键地方，或者我拿不准主意的时候，给我提点建议。他这种平时放手并在关键时刻出手的风格，让我受益很多，也成长很快，工作量从每周一个版面，增加到后来的四个版面。这期间，我慢慢领悟，文化创意类工作，好的管理思维，是在把握大框架，为每一位从业者提供舞台的同时，尽可能营造宽松环境，并且尊重不同，以成就每个人的最大创造性。

后来我到北京，进入都市时尚类期刊行业，这些体会和思维方式开始发挥作用。那时每期刊物除了带团队策划选题、组稿、拍摄，还要协调服装、道具、场地诸多事务，跟外刊版权内容的合作，跟各个领域专业外援的协作，不同专业不同背景的人和机构汇聚到一本杂志上，直到制作、审校和付印之前的全部流程，所有的事都要我作决定，冷静客观、理解包容，一直是我持守的。

我还记得，在《体线健康》杂志做主编时，有一次，忙完当期杂志，把签了名字的厚厚一摞三校稿交给一直等待的印厂对接人，从贡院西街 8 号院的办公室走到停车场，正要开车门时，旁边收费亭的灯突然亮了，车场收费大爷一边走过来一边嚷嚷："你看看这都几点了，周围这么多办公楼，没一个像你这么晚的，我今天下了决心等到现在，一定要把你这份停车费收上来！"

我这才拿出手机看时间，已经是半夜 1 点多了，满怀歉意地给大爷交了费，同时看到手机上的留言，是《城市晚报》的同事："今年春节回长春吗？想你了。"

开车拐到长安街上，一路向西往家奔。空旷的大街灯光通明，我把车窗开了一条缝，吹一吹清冽的晚风，恍然间又想起报社的那栋大楼，我们当时的副刊名字，就叫"晚风"。

我从一个小编辑开始，从那一袭"晚风"吹拂，再到此刻，不知不觉，已经十年过去了。

一进报社，就听闻有一位牛人，写的小说获得了长白山文艺奖，书名《风过白榆》，牛人叫刘庆。小说是任白递给我的，说"有空可以看一看"。

我当时坐在靠门边的工位，不忙的时候，就翻开书静静地看一会儿。故事很神奇，讲述东北农村的一个女孩子在特殊年代的成长和命运。书中有很多东北大地的场景，榆树镇里的白榆树，榆树钱儿挂满枝头，榆树叶满街飞舞……好几个下午，我看累了，就抬头望一望窗外，人民大街喧闹的车鸣声，和小说里的玄幻场景来回切换，一会儿是眼前，一会儿又是远方……像是现实和梦境的即时变幻。

刘庆的办公室在隔壁，偶尔会来我们这边转一转，嘻嘻哈哈地聊上一阵，然后就风一样地转走了。当时总感觉对不上号，这个随性得像个少年的人，怎么可能是这样一部小说的作者呢。

后来在北京，听闻他的《唇典》又获得第七届世界华文长篇小说奖“红楼梦奖首奖”，我和胖哥很是为他兴奋了一阵。这个人对写小说有狂热的痴迷，在北京一块吃饭时，他讲起正在进行的创作，兴奋得手舞足蹈。

我还记得他讲正在创作的小说情节：一个人爱吃土豆丝，以至于，后来被人用筷子捅了脖子时，脖子里流出来的不是血，而是土豆丝。“你们服不服，就这情节，你们谁能想得出来，多么荒诞，多么神奇……你们谁能想得出来？”我被他逗得直迷糊，又觉得很好笑，也顾不上应和了，想象着那是一幅什么样的画面。一个人为自己执着所爱而痴迷的时候，很有趣，也很动人。

在报社的那段时间，正是二十世纪九十年代纸媒发展的鼎盛时期，晚报发行量大，经济效益飞升，版面也不断扩充，我的工作量从原来一周一版，增加到一周三版，后来是一周四版。即便很忙，但任白时不时鼓励我：“你要抽时间多写文章。”我后来写了一些散文，陆陆续续在副刊上发表。

有一天，任白说，要给省新闻工作者协会报送一年一度的参赛作品，让我自己选一篇原创文章和一个编辑制作的副刊版面，我就选了一篇散文《老房子》和“史林文苑”版。我那时对这事完全没概念，以为就是凑个数。没想到，也不记得过了多久，忽然有一天，任白把两个大红色的证书放到我桌上，说：“给，你的证书，获奖了。”

我打开一看，两个作品均获得“吉林省报纸副刊好作品二等奖”，惊讶得半天说不出话。看着证书上的名字，怎么也想不到，获奖这样的事也能跟我有关！这两个证书，我后来南行北归，从未拿出过随身行囊。

2022 年，我申请加入中国散文学会，入会规则除了提交作品，还需有两位作协推荐人，我第一时间就想到了他们二位。那时，离我们共事已经过去了二十年。这期间，任白从城市晚报社离开创办了《新文化报》，报纸影响之大发展之迅猛，被众多媒体称为“报业发展史上的奇迹”，此后担任吉林省作协副主席、中国诗歌学会理事，他的长诗作品能量深厚，直抵人心；刘庆在共同创办《新文化报》

之后，出任《华商晨报》社长兼总编辑，《唇典》获得的荣誉使他成为当代中国文坛具有影响力的东北作家代表之一，由他们两位做推荐人，我觉得很荣幸。

报社的地理位置，是长春最繁华之地，位于人民大街中部的十字路口，周边有百货大楼、国贸中心，都是二十世纪的长春最重要的商业建筑，不过我更喜欢的，是报社东侧紧邻长春饭店的一条美食街，走路过去五分钟，各种好吃的应有尽有。每天中午，跟小伙伴去那条街上买午饭，回到办公室边吃边聊，是对忙碌一上午的自己的犒劳，也是下午继续工作的能量支撑，土豆丝卷饼、酸辣粉、馅饼、冷面……都是最爱。

当然，夜班编辑们更是离不开它。到了后半夜关机下班后，去街上吃一碗热腾腾的兰州拉面，再点几个烧烤小串，闷两瓶啤酒，能驱乏解累，抚慰心灵。据胖哥回忆，他就是在那里，认识了兰州拉面的二细和韭细。

报社南门正对的，是长春市工人游泳馆。当时吉林日报社副社长赵社长是我们这些女孩的偶像，她那时大概四十多岁，身材笔挺匀称，走路像风，永远精神头十足。我跟她请教保持身材的方法，她说："没别的，就是每天游泳，咱隔壁就是游泳馆，多方便啊。"

她工作繁忙，但每天中午都抽时间去运动，标准的泳池，每天游五个来回，不多也不少。我们在她的带动下，也开始游泳，虽然不及她在泳池里又稳又健的泳姿，但扑腾一番也算是运动了。游完后上岸洗漱，过了马路回单位，下午继续工作。

报社的娱乐活动挺多，每到节日或一些特殊的纪念日，会有聚餐，还有舞会和卡拉OK。大家喜欢唱《同一首歌》、《一无所有》、《恋曲1990》还有《闪亮的日子》……我喜欢《回到拉萨》，但自己唱不上去，就让几个大嗓门的男生唱。喝了酒之后的他们，热情高涨，嗓门也高涨，每次唱到最高处，大家伙都一起抻着脖子喊，喊不上去的人，就拼命敲盘子敲碗伴奏，到最后，每个人都用尽全力，歌声回荡在空中，久久不停。

到北京后，我和胖哥也偶尔跟朋友们去KTV。他五音不全，唱歌跑调，但音色还不错，底气足，每次点的唯一一首歌，就是《闪亮的日子》，唱得多了，调儿跑得也不是特别远：

我来唱一首歌，古老的那首歌。

我轻轻地唱，你慢慢地和。

是否你还记得，过去的梦想，

那充满希望灿烂的岁月。

你我为了理想，历尽了艰苦。

我们曾经哭泣，也曾共同欢笑。

但愿你会记得，永远地记着，

我们曾经拥有闪亮的日子。

多么好的歌词。现在唱起来，依然那么美好。

看一眼她们别在鬓间、腰间的小花，

你就知道了，

在眼前的世界之外，

她们还有另一个世界。

惠安女

崇武是一座名副其实的石头城。街道是石头铺就的，房屋是石头搭建的，它的著名景观也是各类石雕，整个古城建立在灰暗的底色之上。

但这里却有动人的亮色，就是闻名于世的惠安女。她们挑着担子走在石头路上，紧身袄阔腿裤，戴着色彩明艳的头巾或头饰，很生动。“你看，她们就像这里移动的花朵。”说这话的，是同行的张守义老师。

初识崇武，我还是个涉世尚浅的小姑娘。在报社做副刊编辑，领导大概想让我历练历练，派我参加全国青年报刊协会主办的“全国总编美编期刊艺术研讨会”。会议是由福建青年杂志社承办的，主会场就在福州，位于福建青年杂志社刚刚竣工完成的综合大楼里。

第一次参加这种全国报刊界大佬齐聚的会议，我兴奋难掩，见谁都叫老师。在所有的老师里面，有一位老师中的老师，他就是这次研讨会请来的重量级大咖，人民出版社美编室主任、著名书籍装帧艺术家张守义。

守义老师设计过的书不计其数，许多中外名著的封面都是他的作品，他绘画的插图，是那个年代书刊设计者和美术爱好者必学的范本。

当时他已经五十多岁了，瘦骨嶙峋，但精神矍铄，不太修边幅，穿着一件牛仔夹克，中长的花白头发捋到耳后，偶尔有几绺飘到额前或两鬓，特别符合我想象中的艺术家的范儿。研讨会上我印象最深的，也是他那场讲座，他讲了很多设计书籍封面的经验和心得。

老爷子一口北京话，慢条斯理的，声音有些沙哑，却透着长足的底气，幽默又轻松，把许多设计理念讲得深入浅出，全场时不时爆发出掌声和欢笑声。

他很豁达，不但讲成功经验，也分享失败的教训。我还记得他手举一本书，指着封面说：“大家看这个封面，这是我受到批评的一次设计，为什么呢？这是一本讲两性关系的书，我把封面用‘男’和‘女’两个字做成暗纹的配图处理，还特意把‘女’字放大了一些，结果被批评了。有读者来信说，看到这个封面就特别不舒服，因为在生活中看到这个大大的‘女’字的地方，基本都是在女厕所。”

我们在底下哄堂大笑，守义老师接着说：“做设计，除了美观和设计者想传达的意念，还要考虑老百姓生活里的约定俗成。”

研讨会开完，有几天采风行程，其中一站就是崇武古城。

这里的海滩很独特，岩石叠垒，悬崖峭壁。巨大的礁石上，有人在钓鱼。我第一次见到，钓鱼的速度是用秒计的。眼看着钓者把鱼钩抛进海里，一行人都觉得不可思议，因为海风很大，一个浪接着一个浪拍打在礁石上，怎么可能钓上鱼呢？可就在我们疑惑的时候，一、二、三、四、五、六……十个数还没数完，那人把鱼钩一提，一条鱼已经跃然眼前，惊得我们都张大了嘴巴。

海滩的石壁上，有远古的漂亮刻纹，大家忙着拍照。那天是阴天，我又穿着黑色衣服，守义老师给我拍照时说：“这地方，要穿带颜色的衣服才好看。”然后跟同行的一位上海姐姐说：“把你的红毛衣借给她穿。”我那时对艳丽色彩有抵触，不过看了相机里的自己，觉得红色上身，还真是好看。

老爷子说：“小姑娘，要大胆一点儿，红色很提气，不要不敢穿。”他又指着远处经过的惠安女：“你看她们的花头巾，色彩浓郁，配色大胆，常年生活在海边的人，需要亮色提振精神头儿。”

崇武是隶属于惠安县的一个下辖镇，惠安女这个称谓也是因地名而来。她们身材娇小，穿的阔腿裤长度到膝盖以下，露出脚踝，走起路来一甩一甩的，别有风情。老爷子说：“这可不只是好看，这种裤型一是为了干活儿方便，二是凉快，南方的天儿热起来不得了，这儿的男人要出海，平时那些重体力活儿都是女人们干，可不能小看呢。”

还真是，从海边到镇子里，路过采石场，一路都能看到抬着长条重石的惠安女。一根粗粗的竹杠，两头用绳索套着粗砺的花岗岩条石，她们抬起来就走。经过一处正在盖房子的民宅，院子里干活儿的也都是女人。两位惠安女正准备抬起长条石走起，摄影老师们开始拍照，我突发奇想，说：“我也想试试！”

当时觉得，按自己比她们高出一头的体量，应该能行。但没想到，那个重量是我完全不能承担的，别说抬起来，蹲下身体刚一发力，就感觉一股巨大的重量压下来，我直接被压趴在地上。

这一下子，所有人都笑翻了，老师们眼疾手快拍下我狼狈的瞬间。旁边的惠安女捂着嘴笑，接过我手上的扁担，抬起巨石一步一摇地走了。

看着我惊愕得半天缓不过神儿来的表情，同行的一位当地人说，这里耕地少，人们只能“讨海而生”，男人们不仅出海打鱼，还要抵御外侵，平日留守在家里的全部是女人，不管轻活儿重活儿，全是女人承担。别说盖房子了，就连这里的大坝，也是一座完全由女性为主力建成的。

远处，著名的“惠女大坝”建于二十世纪六十年代，参加建设的民工大约 1.5 万人，其中女性 1.3 万人，最高年龄七十多岁。她们挖土挑土、打夯凿石、推车锯木……还要应对台风暴雨、溪洪猛涨，甚至创下一人一车上千斤土石，日行九十公里的纪录，她们跳入水里用身体阻塞围堰漏洞，用手帕头巾衣服清擦基面冒水……最终建成这座库容达 1.2 亿立方米的大型水库，使十年九旱的“地瓜县”变成了米粮仓。当地政府以“惠女”命名大坝，以表彰她们的功绩，全国妇联还发来电文表达祝贺。

大坝旁，是三面临海的苍茫和无际。过去，这里的习俗是，女人结婚三天后就要回娘家住，只有一些传统节日，丈夫才可以将妻子接回家里小住两日，直到妻子生了孩子后，才可以名正言顺地到婆家，与丈夫共同生活。无论是自然环境还是传统习俗，这片天地为惠安女设定的，更像是一部苦情戏。

然而惠安女的剧情却不是按苦情套路走的。看一眼她们别在鬓间、腰间的小花，你就知道了，在眼前的世界之外，她们还有另一个世界。生命力的强大足以突破那些设定的套路，朝着她们想去的方向而行。斗笠花巾，紧袄阔裤，精致的银腰带，纤细的身影在古老的街巷里摇曳生姿。那背影里，藏着惊人的骇浪，也有迷人的多姿。

在镇子里逛街时，走到一家店铺，守义老师特意买了一套惠安女头饰，包裹好，小心翼翼装在背包里，说“这是艺术品，值得收藏”。我也想买，面对众多花色犹豫不定，守义老师指着一套蓝底红花并搭配各色小碎花的头饰说：“你就买这套吧，好看。”

说话间，同行的人走远了，守义老师却不慌不忙，举起相机，对着老宅门框上的石刻花纹拍照，又转头仔细端详两侧的门神画，慢悠悠地说：“这儿的刻画，有它们自己的味道，你仔细看，这里面有故事呢。”

一晃近三十年过去了，守义老师已于2008年移居天堂。每每翻开相册，崇武古城里，老爷子的音容笑貌，惠安女的摇曳身姿，依然鲜活如昨日。

江河入海亘古不变，

如若官场也有一条河流，

那它汇入的，

必定是民心的汪洋大海。

河神

我喜欢华灯初上的古城。这个时间，天光还有余晖，如果赶上空气好，就会呈现出一种清透幽深的蓝靛色，街巷上的暖黄灯光，各式各样的古城建筑，夜色中若隐若现的轮廓，这时候，就会让人有种思古叹今的穿越感。尤其像浑源这样的古城，恒山脚下，塞北边陲，夜空更加高远，星辰越发闪亮。

来浑源是为了拍晋剧《河清海晏》的宣传片。我对戏曲没什么兴趣，顶多也就是在用春晚做背景音的大年三十晚上，听过几段京剧唱段，所以晋剧对我来说，要不是这次采访拍摄的工作，可能一辈子也沾不上边儿。此前准备采访资料时，听了这部剧的片段，也没听出什么特别的感觉来。

倒是后来在录影棚里采访主演孙岚岚，听她清唱了几段，或许是面对面的气场吧，也或许是被她率真开朗的性格感染，几句有腔有调韵味浓郁的唱词，竟听得我意犹未尽，开始对晋剧之美有了点感性认知。

《河清海晏》是一部新编的历史题材晋剧，说的是清朝道光年间山西省浑源县籍“河神”栗毓美的故事。他一生最大的功绩是治理黄河。彼时黄河在河南等地泛滥成灾，栗毓美被委任河南山东两省河道总督，在任期间，他注重调查研究，经常乘小船沿河道巡视考察，并深入民间了解治黄的症结和经验，在实践中因地制宜，创造了“以砖代埽”的治黄经验。

新方法代替老办法，必定要触动一些人的利益，引起朝廷大臣非议。他面谏皇上，据理力争陈述利弊，挚忠之情令道光皇帝动容。后积劳成疾，离世于任上，他的灵柩从河南北上运往山西时，沿途百姓挥泪相送，千里不绝。许多官吏“亦皆闻之流涕”。皇帝追封他为太子太保，还作了祭文和碑文，并赐祭葬。林则徐为他撰写了墓志铭。

皇家敕建的栗毓美墓园就在浑源县城，也是我们这次采访拍摄的主要外景地。

巧的是，孙岚岚也是浑源人，带我们来浑源，她轻车熟路。第一站就是栗毓美的墓园，静谧的园内松柏葳蕤，花开灿然，浩荡之气扑面而来。一边走，岚岚一边回顾过往：“我小时候常常对着一个坟包练嗓子，从早到晚，几乎每天天不亮，就过来练，那时家住得不远，而这里又清净，是很好的练功之地，那时候这里人不多，一片天清气朗的环境，气场特别好，后来，才知道这就是栗大人的墓地。”

岚岚出生在晋剧世家，传承晋剧名家丁果仙的唱腔，16 岁第一次登台，就唱了个满堂彩，红了，被称为“晋剧三小须生”之一。2015 年她正式出任山西大同市晋剧院院长。那时的晋剧院人心涣散，很不景气，她上任后第一件事就是要重新聚合“人心”，剧院急需一台能够在新时期立得住、艺术水准高、凝心聚气的大戏，于是历史题材的新编晋剧《河清海晏》应运而生。

带我们到栗毓美墓前，说起这段因缘，岚岚难掩感慨：“上一次，一拜他，我的眼泪就出来了，我都不好意思说出来，每一次都有这种感触。可能我跟栗大人真的有缘分吧。”

因缘这事儿，说起来有点悬，可有的时候，没有这两个字，很多事还真就无从解析。这部戏，经多方合力越唱越响，2018 年秋天进京，在梅兰芳大剧院演了两场。对于一个地方剧团来说，能有这样的机会不太容易，当地宣传部门非常重视，整个剧团更是受到巨大鼓舞。我们采访的时候，每个人看起来都精气神儿十足。

三天的采拍时间很赶，除了墓园，还有其他外景地取景。建于北魏时期的悬空寺，背倚绝壁下临深谷，凿崖悬梁，奇绝壮观；元代的永安寺壁画融儒释道于一体，八百多个人物彩绘色泽艳丽和谐，引人入胜。

还有圆觉寺、千佛岭、云峰寺……虽然不能一一拍到，但这座经千百年浸润的古城，即便走在大街上，也能感受到梵音禅韵悠悠不绝。让人不禁感慨，是天高云阔赋予了人们凿山成佛、削崖为寺的气魄，还是信仰的光辉成就了古城的超凡灵性呢？

不过，无论什么，都离不开人心的内核吧。

历代传唱的剧目中，清官明政题材流传最久，也最受老百姓喜爱。人们向善向美向强的愿念，就像对水和空气的需求一样，从来没断过。从这个意义上来说，地方戏曲是了不起的艺术，在交通通讯不便利的年代，文教不发达的偏远地区，因为那些千锤百炼的唱腔和戏文，人们的愿力得以传递。

走在浑源县城里，通往栗毓美墓园的道路人尽皆知，连几岁的孩子都能指认。如果说世上真有不朽的东西存在，我想，那便是人的名誉了。栗毓美墓无声地矗立在浑源大地，静默之中却发出永恒的回响，几百年来绵绵不绝。这回响里，有开疆拓土的激昂进取，更有守疆立业的仁厚忠贞。江河入海亘古不变，如若官场也有一条河流，那它汇入的，必定是民心的汪洋大海。

孙岚岚带剧团进京演出的那两天，梅兰芳大剧院成了在京的山西人欢聚的会场。演出前，戏迷们带着横幅，在大厅里拍照留念畅谈。我把赠票送给了身边能想到的山西籍朋友。

看戏的时候，面对台上艺术家们倾力奉献的这一场视听盛宴，我却时时出戏，脑海里一段一段闪回的，是此前采访他们的场景。

饰演钦差大臣的成塞鸿，被我邀请来听戏的一位朋友评价为“最喜欢，嗓子最好，功夫深厚”。他是剧院的艺术总监，国家一级演员，当时马上就到了含饴弄孙的退休年龄，采访那几天他全程陪伴，耐心细致地回答我这个戏盲提出的各种问题。临行前一天晚上，我们几个人坐在路边烧烤店撸串儿喝啤酒，我还记得他说，退休后，想待在家里好好陪一陪小孙子：“这小子淘气，但就跟我亲，眼看着就长大了，再不陪他就没机会了。”

李玉成老师，已经七十多岁了，在台上演一位青壮年，矫健有力的身姿和扮相，让人很难把台上台下的他连在一起。采访他，是在岚岚院长的办公室里，他说：“晋剧院坚守到今天，特别不容易，每年下乡演出都特别艰苦，几十号人有时候没地方住，就在学校找个教室睡，没办法，有时候就是打地铺，放一些草铺在上面，我们就这么坚持下来了。因为除了这个苦，也有欢乐啊。尤其是到边远山区演出，老百姓缺少文化生活，常年也看不上个戏，一听说我们来了，高兴的那个样，特别感人。有时候看剧团没做饭，就都说‘上我这儿吃吧’。说实话，看到老百姓的欢乐劲儿，那感觉，确实是真好！”李老师语速不快，语调一板一眼的，抑扬顿挫，听他说话都是一种享受。遗憾的是，2020年9月，李老师因病逝世了。

剧团的舞美总监左海军特别内向，私下交流时还能聊上几句，摄像机一对着他，就紧张得一句话也讲不出来。无奈我只好根据他介绍的创作经历，现场写了几段词，在镜头后面做成简易提示，总算完成了采访。可就是这样一位不善言谈的人，竟把传统技法和现代元素融会贯通，整台戏的舞美设计精美绝伦，赏心悦目。

还有岚岚。“你以为居高位大权独揽，你以为攀皇亲手眼通天，你以为民可欺众怒可犯……栗毓美为官当初发过誓，清贫一世无怨言，不为功名传后世，不求青史留清官，无惧无畏无私念，品正才有一身胆……”她唱到这段时，引发台下雷鸣般的掌声和叫好声，我甚至有点恍惚。想起采访时，她因口误，对着天空翻白眼的滑稽又可爱的样子；为了进京演出有更好的扮相，她减肥一个月不进主食，跟我们吃饭时，对满桌美食坚决一口不动；还有开演前，在后台的化妆间里，眼看着她勒头贴须，从优雅端庄的美女，一点一点变成鹤发白须的栗大人。

因缘。如果世上果有此事，我倒真希望坐守在浑源的栗大人，保佑一方百姓民富居安，保佑岚岚和她的剧团，能响响亮亮地，把这台《河清海晏》一直唱下去。

蝴蝶的翅膀，

在风中摇曳，

每一个人，

都是风。

忠贞的故事

我和潘忠贞坐在好苑建国饭店的大堂里聊天。那是 2019 年 10 月 10 日的傍晚。

这个日子我记得清楚，是因为那天在那里有一场重要的公益活动，全国妇联、中国儿童少年基金会召开的“春蕾计划三十年成果发布会”。这是一个资助失学女童的公益项目。作为《中国妇女》杂志特约记者，我对这次活动做专题报道，采访来参会的嘉宾代表。

忠贞就是其中一位，她当时已经是一名优秀的人民教师。那是作为“春蕾计划”受益女童的她第一次来到北京，一身明艳的民族刺绣服饰，光彩夺目。

坐在咖啡厅一角，忠贞给我讲她的故事。

忠贞出生在广西龙胜的一个小山寨，那里的瑶民日出而作，日落而息。本来，她的家境不错，父母除了务农，还开了一个小卖部。那时村里很多年轻人不读书，早早就去外地打工赚钱，但父亲一直跟她说，不管别人做什么，你一定要把眼光放长远，好好读书，将来做一个有出息的人。

然而突生变故。在她上小学时，母亲患病，家里所有值钱的东西都卖了，但还是没能挽救母亲的生命。母亲去世后，父亲为了偿还外债拼命干活儿，种地、喂猪、煮饭、打零工……眼看父亲日渐消瘦，忠贞决定不去上学了，要帮父亲干活，减轻家里负担。

有一天，当地副县长下乡考察工作，正好来到她家，了解了她不能上学的原因后，就通过妇联的春蕾助学项目，为她促成"一对一帮扶"，对方是清华大学的一位教育工作者。那是 1995 年。

忠贞说，这位从未见过面的"清华阿姨"，从那时起，每月给她寄来读书的费用，也常常写信询问她的生活状况，为她寄来装满学习、生活用品的包裹。

过早经历人生变故的她，也更早慧，十来岁的年纪便已经懂得，这是可以改变命运的唯一机会。她读书比其他同学都用功，别人放学出去玩，她就在教室里温习功课。班主任见她读书用功，便对她格外喜爱，给她买各种学习资料，让她跟自己同吃同住。忠贞说，自己后来选择教师这个行业，正是受这位老师的影响。

小学毕业后，忠贞考入县里最好的中学，2005 年又考上桂林师范高等专科学校，成为村里的第一个女大学生。在校期间，清华阿姨对她的资助从未间断，时常打电话嘱咐她在食堂不要只吃青菜，要注意营养，同时建议她，可以利用课余时间出去打打工，早点接触社会，能成长得快一点。

忠贞便利用课余时间到饭店打工，到公益组织当志愿者，干活儿从不惜力，竭尽所能，屡屡受到鼓励和嘉奖。大学毕业后，她参加“大学生西部志愿服务计划”，回到龙胜工作。其间，她先后捐赠四万多元，资助二十七名贫困学生继续学业。

2019 年 10 月，在“春蕾计划”三十年成果发布会上，忠贞作为受益女童代表来到北京参会。这一次来京，更让她期待的是即将见到清华阿姨，这将是她们的第一次相见。

采访时，忠贞说她跟阿姨约定，第二天在清华校园里见面。我也很替她激动，并请她向阿姨询问，是否愿意就公益话题接受妇联媒体约访。

第二天晚上，我接到了忠贞的电话，她讲述她们见面的情景。见面后，她们相拥良久，泪涌不禁。她和阿姨一家人逛了清华园，一起拍照留念，共进午餐。对于约访，她说，阿姨觉得自己只是做了一件该做的事，不希望被太多关注，并嘱咐她："对于我们的帮助，你不要有任何压力，不要想着回报，而要把我们对你的爱，回馈给社会，这是我们对你的唯一期望。"

忠贞回南宁了，继续她日常的忙碌。她发的朋友圈，只要刷到了，我都会仔细看。这些年，我采访的人无数，算下来，大都成为过往，加微信并关注的人更是寥寥，但对忠贞，我总有一份牵挂，想看看她的工作生活，看看她和她的学生们。

她给 100 分的孩子，打的分数是"100 + + + +"；她给得了"B"的孩子批语：老师期待你的字如你一样干净帅气，重写一遍吧，相信你一定可以；她给得了"A+"但有小疏漏的作业批语：宝贝，以后记得写日期，细心会让你更优秀；她跟毕业班的学生合影，孩子们个头都比她高，瘦小的她埋在一群孩子里，不仔细找，几乎难以发现。

我有时想，忠贞走到今天，那个漫长的过程，是何等艰难和不易，一定远不止她讲述的这些。内因和外因缺一不可，成就了忠贞的幸运。这期间，偶然中有必然，必然里，也有偶然。

那天下午的采访，还有两位嘉宾让我印象深刻。

何方礼，时任武警广西总队柳州支队政委，二十六年前他第一次走进广西融水县大瑶山，就被眼前的情况惊住了——所有女孩子都被挡在学校门外。从那时起，他就和战友资助红瑶女童走进课堂。起初，他们从微薄的每月津贴费中省出一点钱，后来加入“春蕾计划”，联动社会力量共同捐赠。

他讲了一个故事。曾经有一位大学教授资助红瑶女童，却在收到女童的一封信之后，愤然终止资助。原来，教授给女童写信时，在结尾署了自己的名字，而女童在回信中直呼了他的姓名，并没有尊称他为“教授”。教授十分生气，认为自己的付出没有换来相应尊重。

何方礼说，其实这是因为当地人不懂得汉语的尊称，他们平时都是直呼对方的姓名。这件事让何方礼觉得惋惜和遗憾，那个女孩很认真地回信，却不明白自己为何失去资助，因为她并不懂书信的礼节。

从那时起，将现代文明引入贫困山区，便成了何方礼和战友们努力的方向。他们背着电视机、录像机，把文化送进瑶寨，引导村民发展经济。山路陡峭，常常要四肢并用向上攀爬，每一次进山，齐胸的树丛茅草总把他们的衣服刮破。二十多年的坚持，换来当地三百多户家庭摆脱贫困，三百八十多名红瑶女童走进课堂。

另一位是吴瑞萍，广西融水县白云乡中心小学的教师，她当时已经 55 岁，即将退休。1989 年，她担任当地第一届红瑶女童班班主任。五十个孩子第一次走进学校，年龄小的七八岁，大的有十几岁。家远路险，孩子们都寄宿在学校里，她不仅负责她们的学习，还要管生活。女孩们第一次离家，刚在学校住了两天就想妈妈，还偷偷跑回家里，吴瑞萍就一个一个地把她们找回来。

当时学校条件差，卫生条件也不好，很多女孩头上长了虱子。下课后，吴瑞萍就带着她们去河里，一个一个帮她们洗头洗澡，晒太阳驱虱子。当时她自己的女儿才一岁多，但她完全没有时间管孩子，女儿生病想见妈妈，丈夫只能带着孩子来到学校，让她们匆匆见上一面。

按当地风俗，女孩子出嫁时要穿着自己刺绣的嫁妆，家长们认为，女孩上学了，就没有时间绣衣服攒嫁妆了。吴瑞萍便在不多的教学经费里又省出钱，买来十台刺绣机，在每周课程里加一堂刺绣课，不仅打消了家长的顾虑，也让女孩们掌握了一门生存技艺。

她时常给孩子讲大山外的世界，描绘知识将会带来的改变。后来，在“春蕾计划”帮助下，红瑶女童班的情况越来越好，许多家长主动把孩子送进学校。三十六年的教学生涯中，她教过的孩子不计其数，当地红瑶同胞中走出的第一位女医生、女军官、女教师，都是她的学生。

坐在我对面，吴瑞萍动情地说：“再有几个月我就要退休了，很欣慰的是，自己的教师生涯可以画上一个完满的句号了，现在和我坐在同一间办公室的老师中，就有我的学生。我老了，可以放心地把接力棒交给年轻人。”

资助，是一个漫长的过程，也是一个相当繁杂而专业的过程。它考验一系列机制的运转，考验每一个参与者的心性。它需要的，不仅仅是善款和物质，或者说，捐赠仅仅是一个开始，在这个过程中，每一个看似极小的事件，都可能使结果发生变化，都可能影响一个人的命运，随之，更多人的命运可能被改写。

蝴蝶的翅膀，在风中摇曳，每一个人，都是风。

天地物象，节气轮转，

自然，绝不会以名义之词，

行暗忖之事。

张洋的心愿

我第一次看到香山慈幼院的课程表时，正跟同事们做家庭教育公益项目的课程规划。同伴把一份课程表递给我，说，你看看吧。

她的语气有些异乎寻常。看过之后，我瞪大眼睛，跟同事面面相觑。学教育出身的她无限感慨道，太牛了，太牛了，真是让我们这些做教育的人汗颜。

这份课程表，诞生于1920年，距今已经一百余年。

课程设计带来的震惊，引发了我对它的极大兴趣，便开始查询相关资料，而随之更让我震惊的，是设计课程的人，熊希龄、蒋梦麟、胡适、李大钊、张伯苓、蔡元培、陶行知。这座设立于1920年的慈善机构，由当时主持赈灾的熊希龄创建，收容受灾孤儿。四十余年，慈幼院把六千多名孤贫儿童培养成才，其中诞生了五位部长级人物。

课程表里，让我尤为关注的，是其中的农业课程和生产教育。院长熊希龄在建院之初，就确立了以农业教育为本的办学方针。

曾在慈幼院就读的一位年迈老人回忆，熊院长说过一句话：“中国很大，是个农业国，要引导孩子们从小对发展农业感兴趣，中国才有希望。”故此，慈幼院开设了动植物园、农畜饲育场地及养蜂、养蚕、养鸡场，办起了园艺、种植、造林场，让孩子们在幼稚园阶段就学种花草植物，饲养小动物，还开办农事展览会、香山农业银行等农科设施。

这件事，也让我想起了此前去山西长治长子县遇到的一位小伙子，张洋。

那一次，我去参加央视农业农村频道录制的一档节目《我的美丽乡村》。节目形式很新颖，选择县里的两个村，通过文艺展演、技艺展示、村干部致富能手现场推介、专家点评、观众拉票等环节，以PK的方式，展示乡村的美好和富强。

长子县是一个千年古县，精卫填海的典故就诞生在这里。当地宣传部长告诉我，组织一台文艺汇演，对村民们来说一点都不难，他们一年内组织的各种形式的演出起码有十几场，家家户户都能出演员，一个说唱节目从创作到登台表演，也就是三五天的时间。

第一天文艺节目的录制相当顺利，大家都饱了眼福。张洋是第二天出现的。当天的录制计划，是实地走访村里的现代化农业发展实况。大棚里，已经成熟的火龙果，是技术团队按照当地土质特点精心施肥种植的成果，第一年结的果，产量已经超出预期。村里还建起了育苗基地，让一些有技术有干劲儿的年轻人解决育苗难题。这个技术团队还能随时上门，为村民解决各种疑难，非常便捷高效。

张洋和他的伙伴们站在育苗基地的大门前。一见面，他就连声道歉说来晚了，昨天忙大棚里的工作，在棚顶工作时被大风刮下来，摔伤了。我看他走路一瘸一拐的，有些担忧。他说，没事儿，在户外工作，小伤是常有的，不耽误干活儿。

这个小伙子个头不高，身材敦实，一双眼睛笑眯眯的，天然地让人有种亲近感。他给我介绍团队成员，几个小伙子大多是九零后，农业技术专科学校毕业的，是村里农业合作社聘请来的技术人员。

倒是张洋自己，并非学农业出身。他大学学的是地质勘探专业，毕业后，在华北油田煤层气事业部工作。2017 年，事业部在多方考察调研后，决定发展现代农业，谋取转型新突破。但怎么搞、由谁搞，大家都没有明确的方向。张洋就毛遂自荐，提出了通过发展现代农业来提高农民收入的愿望。

“我从小就生活在这里，看着父辈们在田地里劳作，很辛苦，也看到由于没有科学技术的指导，他们常常事倍功半，于是总想着能为家乡人做点什么，我们读书学习，不就是为了能让家里人过得更好吗！”

说起育苗技术，张洋特别来神儿。他捧着一株秧苗告诉我，为了培育这种黄瓜秧苗，他们做了许多尝试。黄瓜苗很娇嫩，以前村民没有技术，只能靠土方法，种下的黄瓜籽成活率很低，现在他们用南瓜根育苗：在南瓜根上用针扎一个眼儿，把手指甲大的小黄瓜苗插进去，把根系上新冒出来的小南瓜苗掰掉，掰过两三遍之后，南瓜苗就不再长了，黄瓜苗会一叶一叶地长出来，这说明，这个根已经完全开始为黄瓜苗服务了，这株黄瓜苗就算培育成功了。

他讲得详细，我听得认真。但说实话，有些听懂了，有些也不完全懂。

在我从小到大的成长环境里，农业这一课是没有的，成年之后，依然五谷不分。倒是这些年因工作常接触农业，发现，总有一些不经意被触动的瞬间。

比如，农学院毕业的同事告诉我，春天的蔬菜更好吃，因为它们最快乐。“你想呀，春天的阳光、空气、水、土壤都让蔬菜处于最舒服的状态，它可以尽情吸收养分，每个毛孔都打开了，体内芳香的物质全都释放出来。”

比如，在连云港的蓝莓基地，日夜守护在地里的农技专家把一捧抢先成熟的蓝莓果递到我手里：“放心吃吧，没打农药，没上化肥，很干净。”

比如在喝格鲁吉亚红茶时，我惊异于这个严禁农药和化肥的国度种植出来的茶叶，会有如此醇厚浓香的味道。

比如这一次，张洋告诉我，长子县这个地方素以产青椒闻名。这里的土地结出的青椒肉厚，味道清香、鲜美，销往全国乃至海外。然而，近年来由于农药化肥的过度使用，土壤出现板结化，他们正引进科学的土壤结构改良方式。

他指着旁边一摞摞用塑料袋包装还未拆封的营养土皮说：“这是我们从国外进口的，把它覆盖在板结土上，让它慢慢跟原土层结合，等待土壤的有机质慢慢恢复。”

凝望远处大地，他轻叹道，这几年，得让土地好好休息一下了。

土地多诚实啊。跟土地共处，你也得诚实。你必须诚实地面对一粒种子，一天的汗水，诚实地面对播种和养育的过程，面对季节的变换和自然的生发。你在过程中的虚和实，就是结果的虚和实。

天地物象，节气轮转，自然，绝不会以名义之词，行暗忖之事，一切都明朗坦诚，清清白白。

土地多丰厚啊，春华秋实，夏种冬藏。一个轮回里，有悲喜交替，而循环往复中，更见生生不息。还有什么不能释怀呢？那些匆匆即过的瞬间，也是绽放和感知的瞬间。寂寥，深沉，斑斓，随意，衰败，惜别，孕育，重生……哪一段不值得经历？哪一段，不是千万般的滋味，不是土地以剖开胸膛的方式，来告知我们这世间的秘密？

那一株秧苗，被张洋捧在手里，南瓜的根须盘结缠绕，它将孕育的，是人类寄以希冀的另一种植物的幼苗，而这一切，要回归土地的怀抱，才能结出成果。

我身边的摄像大哥也被张洋的讲述打动了，放下机器，接过秧苗看了又看，说想带一株回家，送给女儿，“我女儿特别喜欢弄这些小草小苗”。

这话，一下子触动了张洋。“我还有一个心愿……”话一出口，他却看着我，欲言又止的模样。

我有点奇怪，这大半天都侃侃而谈的他，怎么就支吾起来了呢？

“是什么心愿？说出来听听。”我鼓励他。

他深吸一口气，郑重其事地说：“我特别想把小学生们都带到田间地头，让孩子们认识土地，了解二十四节气，了解农耕的过程，让他们亲身体验播种、育苗、秋收……这些知识，是在课本里学不到的，只有来到大地里，才能有真切的体验，才能对我们的传统文化有更深的认识，才能知道顺应自然、科学耕种有多重要，我们的食品安全问题也才能从根上得到解决。只可惜，这事要做起来，太耗费精力，也需要太多投入了，我一个人根本不可能完成，要是能有更多的社会力量和资源关注到这一块，就好了。”

就是这样一段话，让我记住了他。

忽然就觉得，眼前这个小伙子心里还装了很多东西，远比他稚气的外表、简朴的语言要丰厚得多。

我这个六零后的缺憾，已经在九零后的心里开始关注并酝酿了。尽管续上的，是一百年前的智者之见。然而这就是历史吧，不管怎么回旋，总是向前。

他让我换了一个角度，

来看过往的，

和未知的旅程。

奔走的凌子

凌子奔向天安门的那一刻，我有点感动。

每隔一会儿，就忍不住刷一下手机，想看看他到哪儿了，还有多远，能否顺立进入广场。校友群里有人提醒，进广场需要提前预约，也不知道他预约了没有。

那个下午，我在写一个“沉浸式”的话题，可是思路全不在写文中。

这是一个当下很火的话题，很多领域都在讨论“沉浸式”。最初，它是艺术家们在舞台上的探索，让观众不再是单纯地看，而是参与进来，获得更深刻的体验感，后来，年轻人开始喜欢沉浸式剧本推理游戏。这几年又很快推衍，文旅业广泛以“沉浸式”对业态进行升级探索，想用一种更真实的幻境，让人们有一段不一样的旅程。

那种不一样，是什么呢？

它可能是我们想要，却一直无法在现实生活中达成的一种生活方式的切换，也可以是一种固有的社会角色的转变，或是一种全新的思维方式的尝试……它能激发人们不常启动的那一部分感官，除了解压和尝新，还能反观自己，认识这个世界的多元，感知无限的可能性。

眼前，凌子的徒步行走，就像是一场沉浸式的行为艺术。它甚至比舞台上的，由艺术家设计并带动的"沉浸式"体验更有张力，因为它已经让观众自觉自发地参与其中。所有的自觉和自发，都意味着观众的思想境界已经发生了变化。这正是艺术家们所追求的终极目标。

凌子是我的大学师兄，年长一级，但我们此前从没见过面。

我们的大学，河北地质大学，1953年在宣化设立，是新中国最早设置经济类专业的地质院校。不过，我与这座塞北名城失之交臂，因为学校后来迁址石家庄，1987年开始招生，包括我在内的三百多名第一批新生被招至新校区。那时，凌子在宣化读大二。

他的一个超常之举让我认识了他。退休的凌子决定，要徒步走回大学校园，从云南楚雄，到河北宣化。大家都被惊到了，这个疯狂的想法，令人不可思议。

凌子的初衷很简单，他说：“我从云南小村子考到河北地质学院（原校名），特别不容易，一个农村小孩到城市上学，对我而言是莫大的鼓励。一路坐车北上，我受到很大震撼，所以对宣化、对张家口，乃至对河北的感情是不一样的。”

毕业后，他在云南地质系统工作，三十余年倏忽而过。回望来路，他感慨，自己人生最快乐的时光，是在大学度过的。他经常梦见自己走在回大学校园的路上，从宣化火车站走出来，走过鼓楼和钟楼，却找不到回学校的路。醒来时，常常神伤泪涌。这件事成了一个心结。那时的他，暗暗作了一个决定，要从云南走回宣化，回到第二故乡，回母校看看。

听闻者中，有鼓劲儿的，有质疑的，也有反对的。我身边一个朋友说，不行，这样走会伤膝盖。这些声音一定也传到了凌子耳朵里，不过，并没改变他的计划。2022 年 7 月退休，8 月 13 日，他就从云南楚雄出发了，每天的行程在三十公里左右，计划途经云南、贵州、湖南、湖北、河南、河北……直至宣化。

这件事，在校友圈里沸腾起来。很多人也像我一样，被他带回到十八岁。

事实上，在我十八岁以前的知识储备中，只有为了高考必须要背的“地理”，而“地质”，是我走进大学校门以后，才知道的一个新词。我与预设的大学和专业错过，而未曾预设的这扇校门，给了我一片新的视界。

岩层、矿藏、古生物化石、地壳褶皱……还有第一次身边没有大人管束的自由；不谙世故但也不再拘束的放声大笑；不懂得体谅别人的坏脾气；逃课逃早操，在熄灯后的自习室里点燃蜡烛抄诗集；和室友挤在洗漱间，借那点微弱灯光狂背第二天要考的功课；晚会上忘记流程，让同伴下不了台……

还有实习时，跟同样胆大妄为的同学攀爬鸡鸣山，半夜找不到回宿舍的路。那一次，老师和全班同学举着手电，在荒野中一声一声呼唤我们的名字……

野外实习基地的宿舍里有一只昏黄的小灯泡，一直闪啊闪。那时没有互联网，没有手机。我们在宿舍唱歌、听歌。唱歌的人，抱着吉他唱到半夜，听歌的人，就听到半夜。唱齐秦的《大约在冬季》、《外面的世界》、《花祭》……那时，我们还不懂外面的世界，不知道，那也是我们的花祭。

我们在那儿学习画地质层示意图，在那儿学会用指南针。我们从那儿出发，去看大地、海洋和天空。

懵懂又傻憨，然而多么美好。那一段不设标准答案的又真又勇，一去不返，像流星划过。很多年后，校友们聚在一起，相识的，不相识的，却同感在我们之间，有一股在别处再难遇见的朴拙之气。我总觉得，这是“地质”这两个字赋予我们的基因。

凌子的旅程，开始有人陪行了。几乎每一段，都有当地校友陪他走上一程，也有人从千里之外奔向他。校友群里，自发组建了后勤保障小组，每天提供当地的天气路况，熟知当地情况的校友为他建议路线，规避坎坷。

这期间，有不可逾越的客观阻力。2022 年 11 月进入河南叶县后，凌子停止行程，返回云南的家。2023 年 8 月 13 日，他从家重返此地，继续行程。

每个人，都被凌子带进了这场沉浸式体验，也被他打开了新思路，获得了一些新的触动。比如，表达深情的方式，可以是语言、文字或歌唱，也可以是一步一步的行走；比如，距离的远近，不一定要用起点和终点衡量，它可以超越数字的概念，转化成一个方向；比如，当我们不再设定边界时，原以为的虚拟世界，也是另一种真实。

这些“新”里，也包括凌子自己的感悟。他笑言，觉得我们国家的版图太小了。

这是他一步一步走过三千多公里之后的感慨。可是在他行走之初，我想所有人，或许也包括他自己，都会觉得这是一个遥远的，恐难抵达的距离吧。

事实上，从他迈开脚步上路的那一刻起，这种想法就在不断发生变化，在他的步伐下，也在旁观者的心里。人们全程遥望着他，从一个村镇到另一个村镇，从一座城市抵达另一座城市，从一个省跨越另一个省。

走到天安门的那个下午，我正在家写稿。笔下的"沉浸式"，被眼前凌子这场现实沉浸式体验所掩盖了。像是一个巧合。

所以，在他到达天安门的那一刻，我真的很感动，这么远，他竟然走到了。他的初衷很简单，内心的种子一直没被污染。正是这种简单，让他走得这么远。

当晚，北京校友欢迎会上，我见到了凌子，我问他累不累。凌子说："累，也不累，小时候在老家上学，每天都要走路往返十几公里的路程，调整步伐和姿势，适当休整，所以习惯了。"

那天下午陪行的北京校友里，我熟悉的比较多。国文和一众师弟师妹们从石景山陪行到天安门，继明从内蒙赶回来，陪走天安门到故宫午门的一段，建军从天安门一路向北，小师妹尚晋是长跑健将，已经陪走了三天，还计划在之后再陪走三天，直至出京。然而，仅仅这三天的陪行，已经让她深感不易。累，走路和长跑用的不是一个劲儿，她说。

每一位参与者，在陪行凌子的过程中，认知自己，体验不同，然后，对凌子望尘莫及。事实上，总有让人望尘莫及的人和事，你觉得不可能，但他们做到了。

看着身边九零后的师弟师妹们，我们这些六零后的师兄师姐们，感叹时间过得太快，选择一种生活的同时，就意味着放弃了其他，一晃而至今日。凌子却让每一位参与者，把不可能变成了现实，哪怕只是短短的一瞬间。

一瞬间的体验，也足矣。他让我换了一个角度，来看过往的，和未知的旅程。那是一段有限的时长，然而对它的广度和深度的探索可以是无限的，可以没有边界，也不设终点。

那晚，大家都很兴奋。人群中，凌子却是最安静的那一个。他肤色黝黑，身材瘦削，他和每一位来敬酒的人碰杯，把校友相赠的礼物交由随行者收存，留下一如既往的简装行囊，按照自己的作息时间，跟大家道别之后，回房休息。

此后，他按照既定行程一路向北，于 2023 年 10 月 9 日抵达宣化。全程跨时两年，一百四十九天，穿行六省一市，共计三千六百三十八公里。

跟等待的过程相比，

快门按下的那一刻，

一闪而过，实在太短了，短到几近于无。

而等待，才是真实的全部吧。

摄影师老张

老张是我做杂志编辑时合作过的一位摄影师。

杂志的活儿，除了文字部分，图片制作事务更繁杂，也更耗时耗力。时尚生活类杂志，两百页的体量，至少需要三分之一图片内容，大部分需要原创。

摄影师们大多是自由职业，擅长领域也各有不同，时尚服饰、人物专题、美食、美景……时间久了，编辑们都有相对稳定的合作者。大家不约而同地有一个共识—— 策划时侃侃而谈的，拍出的片子却常常不尽如人意，而能拍出好片子的摄影师，大都不太善言辞。

这就容易导致一种险情。杂志的截稿、付印、发行时间都是固定的，每一个时间节点如果不能保质保量，势必影响下一个流程。所以大家都知道，无论文字作者还是图片作者，手里必须备那么一两个托底的人，关键时候能救命。

老张就是这么一位。

第一次见他是在竞园，差不多十五年前。在一众时尚人群中，他是最低调的一个，黑T恤，牛仔裤，黑框近视镜。

那个园子，最早是供销社的棉麻仓库，市场经济后，老仓库的使命终结了，空旷规整的库房静立于园内。二十一世纪初期，随着广告业、传媒业的兴盛，影像产品需求上升，园区又重新进入人们的视线。

园子的氛围很特别，朝天耸立的烟囱，陈旧斑驳的红砖墙，留存着抹不去的历史痕迹，而这之间，却是一片又忙又热的气场，来来往往的人们又潮又飒。从业者们尽情发挥个性，天马行空的室内外设计，能让人在这里的外墙上、门脸下，看到最张扬的涂鸦，最别出心裁的装饰。每一幢房子门前，都聚集各色人等，高谈阔论的，低语叙旧的。

老张却很安静，要么站在门口抽烟，要么坐在一旁，等待服化道准备，偶尔，会上前帮忙调整布光。开拍时，他站在机器后面，厚厚的近视镜片下，一对大眼珠凝视前方，全场也随之安静下来，只听得见摄影机的咔咔声。

那组片子的效果很出我意料，人物状态舒展自然，细微神情捕捉精准，画面有种复古的油画感，是难得的好片。此后，我们合作便多了起来，每期拍摄，我通常先约他，如果他没时间，才改换别人。

熟了以后，我们也聊些工作之外的话题，才知道，他是从东北一家报社辞职来北京的，而且在报社的本职是广告销售，辞职前，领导正准备提他做部门主任。

啊，这样的机会，怎么就辞了呢？我很惊诧。

“不喜欢，有些事干不来，还是跟机器打交道更适合我。”他淡淡地说。摄影是他的业余爱好，从小就喜欢，来北京后更钻研这一行，渐渐在圈里拍出名气，活儿多到干不完。

到了北京以后，世界变大了，时间却变少了，他说。以前在老家，走路上班最多 40 分钟，在这里，40 分钟，可能还在小区路口堵着。高峰时间，从朝阳到海淀，没有两个小时，想都别想，要是赶上一个门头沟的活儿，这一天下来……我们忍不住感慨，回到家里，只想躺在床上喘气儿，饭都懒得吃。

那之后不久，我们要去使馆拍一组人物专题片。进入使馆的审批手续繁杂，按预定时段，只有一次机会，只能一次成功。这与以往不同，无法事先考察场地，拍摄方案也无从着落。我只能按过往的经验，准备了几套预案，提前拿过去跟他讨论。听完之后，他依然是平常的表情，一脸茫然，陷入沉思。

这让我有些急恼。时间紧，任务重，此刻，多希望他能像别人那样一点就透，连连点头，哪怕故作一丝丝聪慧相，也可以给我一些宽慰啊。

行，还是不行，或者怎样才行，倒是说句话啊。在我的追问下，他的大眼珠子终于转了两下，开口了："嗯，到现场看吧。"这个闷葫芦。

第二天入场后，大家按照惯常的工作方式，化妆、采访、选景……忙过一阵，我忽然发现，半天没看到老张的身影，一问，助理说他在外面。

我趴到阳台，看见他正站在院子里，两手高高举起，食指和拇指对成模拟视框，见了我，高呼，就站那儿，别动……这是他试拍前的惯有动作。

可从外面拍全景，把人放在一个广阔的空间里，景大人小，这还是第一次。我有些担心。

等他拍完，大家围过去回看，全体人员不由得惊呼。人物，异国风格的建筑，树木和青草……这些并不新奇的元素，被他构建出一种新的关系，呈现出一种新的形态，楼宇稳稳腾空，身着民族服饰的主人公在画面中虽比例不大，却牢牢占据焦点，凝聚了一股恒远悠长的意蕴。

大使夫人欣喜过望，用不流畅的汉语说："好，好，这张送给我……要留住。"

这就是影像的魅力吧。看见现实，越过现实。那些深藏于实与虚之间的关联，多么奇妙，多么不可言说，它打破了我们日复一日看待这个世界的方式，它以一种新的光照，让我们用一种新的眼光，来看一切。而这一切的发生，源自摄影师那一瞬间的所感所想。

自此以后，每次跟老张合作，我就不太纠结拍摄方案了。我知道，他对图片创作的理解和现场随机把控的能力，都在我的预估之上。不可言说，有时恰恰意味着无限的可能性。

有一次，我们看过事先预定的场地，虽不十分满意，倒也说得过去，便各自回家。快半夜时，接到他发来的信息。原来，分开后他又独自去看了几个外景，并最终选取一处，跟业主谈妥，定下拍摄时段。

我看了看时间，从分开，到把这几个地方跑完，最快也得四五个小时，刚好是此刻。这家伙，还真有点疯魔。

几天之后到现场，我发现老张选的这个场景简直堪称完美。那是一个西餐厅的露台，周边绿植葱郁，一侧朝向湖水，波光荡漾，意境悠然。

可是拍摄过程却惊心动魄。一场暴雨不期而降，大家慌乱一团，把架好的机器、补光灯和道具统统搬进房间里，刚刚画好了精致妆容的主人公也花容失色……大家站在窗前檐下，忧心忡忡地等雨停，期盼不要让当天拍摄计划落空。

夏日的暴雨倏忽无常，转瞬即逝。天空几片乌云仍在，阳光却在刹那间从乌云的缝隙穿透下来，世界被一层金色的光晕笼罩，所有人都情不自禁地惊呼起来，似乎这个瞬间，是老天爷为我们破例打开的一扇窗，却又在无声中低吟，这扇窗随时都会关上。

等不及布设灯光了，老张举起相机，争分夺秒，对准主人公一通狂拍。那一刻，所有的等待、祈盼，都化成他手上的一股力量，他让时间在这一刻凝固。那是他的世界，他把每一个人都带入了他的世界。

忽然，不知是谁开了句玩笑，看老张，像不像端着一挺冲锋枪……大家不约而同笑起来。笑声过后，片子成了。

回程车上，气氛轻松热烈。大家的玩笑也触动了老张，他一反平日沉默寡言的常态，跟我说："你知道吗，我的理想，是做一名战地摄影师。"

看到我的惊讶表情，他笑着说，这可能是每一位摄影师的终极理想吧……不过他又说，我不会有那种可能了，那是极少数人才有的机会。

是的，我们生活在和风里、暖阳下，战场、炮火硝烟、生死离别这些血淋淋的残酷，只存在于画面中和屏幕里，它们遥远得近乎虚幻。老张的理想，也注定是虚幻。

他的镜头下，是华服，是美景，是爱情，是假期……那些我们精心设计，竭尽包装，又极致所能呈现出来的华美的、悠闲的、安逸和谐的片刻。

可是，我们沉浸其中的此刻，难道就是真实的吗？它离生活有多近，又有多远？或许，当下从来不是我们的目标，或许，我们从未在生活。然而，我们却盼望着生活。那些琐碎的、庸常的、无名的一个又一个此刻，只是为了通达那个我们认为更值得一过的生活吧。

可是这么想，不免有点矫情。怎么能说琐碎的、庸常的、无名的一个又一个此刻，就不是生活呢？那些堵在路上的焦灼，小助理扛着设备箱子流下的汗珠，我们一起滞留在郊外的暴晒，还有我们等雨过、等天晴、等花开、等叶落的每一分钟、每一秒钟，怎么就不是生活呢？

跟等待的过程相比，快门按下的那一刻，一闪而过，实在太短了，短到几近于无。而等待，才是真实的全部吧。

这个话题，我没跟老张聊过。因为那次拍摄后不久，他告诉我，他要离开北京了，回老家。很突然，也很意外。

孩子要上学，家里老人身体也不好，需要人照顾……就决定回去了，老张说。这几乎是每一个在京城的外地人必须要面对的现实问题。

“回去干什么，想好了吗？”我问他。

“这个，肯定是干不成了，”老张晃了晃手里的相机说，“朋友开了家烧烤店，让我跟他一起干。”

我错愕不语。

他却语气平和云淡风轻：“店的生意不错呢，干好了，比这个赚钱。”

“那是，肯定的，”我连声说，“那……以后还回来吗？”话一出口，我又有些后悔。

没想到，却燃起他的热情，提高声调说：“回！当然回，等孩子高考，就让他考北京的大学，到那时，我们再一起回来。”

那时，至少也是十年后了。我陪他一起笑，心里却茫然。

这些年，时不时就有朋友离开北京，送别之后，总不免空落一阵。面对不可逾越的现实问题，个人能掌控的部分太有限了。

从那以后，我和老张再没了联系。五年过去了，十年过去了，比十年更长的时间也过去了。纸媒时代过去了。

有时想，一个时代，就像炉火上的一锅浓汤，每一味食材都在沸腾的汤汁里上下翻滚，虽不能决定方向，却也在这个过程中释放了最内核的能量。那几年的京城生活，对老张而言，应该是他最接近理想的经历吧。从这个角度而言，时代是公平的。

这期间，我书架上的杂志被清理了很多次。它们太重了，铜版纸书，比普通的书要重好几倍，把书架的隔板都压弯了。

我已经很久没翻开过它们了。它们被立在最边处，其他书籍则紧挨着它们，依次按高度排列下来。这样一来，倒显得它们气势不凡，像镇尺一样，沉稳静默。经历装修、搬家，每一次倒腾，看着它们，就有些发呆，留，还是不留呢？

最大的一次清理在五年前，我们家要从西边搬到东边。路太远，东西太多，必须得下狠心，清除一些久而不用的旧物。厚厚的几大摞杂志堆在门边，像一个小山丘。

收废品的阿姨进门看到，吃了一惊："这么多，我这个袋子恐怕不行！"是的，那袋子太小了，杂志的体量太大了，不仅装不下，也禁不住。

阿姨返回来，拿着两个大号编织袋。全部塞满之后，还是余下了一些。阿姨抱歉道：“等等啊，我再去找一个来。”

我忽然念头一转：“算了，就这样吧，这些……不卖了。”

我把余下的杂志擦拭干净，准备捆扎起来带到新家。瞥了一眼最上面的一本——“极限化妆法，越简单越美”，“怀念不如相见，运动上瘾四步走”，“压力，发胖的元凶 皮草，时尚的‘动物园’”……不禁失笑。

世界如此繁杂，我留住它的方式，却如此偶然。

毕竟，要走的那段路，

是看天地，也是看自己。

沙滩后街的独家记忆

我在长春的时候，报社有位前辈，是一位诗人，也曾是一本文学期刊的主编，退休后返聘到报社，我们都叫他张老师。他对我们这些年轻人很和善，不摆老资格的谱儿，我也愿意跟他聊天。

我一直喜欢跟年长的人说话，尤其是跟能以平视的心态畅所欲言的长辈们，听他们说话既有趣，又开阔思路。他们不拘泥于长幼规矩，不把自己当老大，也不把我当小孩。当然，也许在他们的内心也是把我当小孩的，只是为了能有平等放松的交流氛围，尽量不让我看出来。随着年龄增长，我越发认为后者的可能性更大，也越发庆幸，能遇到这样的长辈。

老爷子每周来报社一次，有空的话，我们常常找个小馆吃饭聊天，有时他请我，有时我请他。有一次，忙完手头的活儿，时间还早，我就邀他到附近的一家咖啡厅坐坐。那是一个春日的下午，阳光很好，从窗外照进来，浓浓的咖啡香气萦绕周边，我们像往常一样聊天，老爷子忽然跟我说："小松，你应该去北京。"

我被他说得心里一震，问："为什么？"

他望着窗外，意味深长地说："人啊，应该去见识更广阔的天地，名啊利啊那些东西都不算什么，但人活一辈子，应该多体验，那才有意思，你是个有感觉的女孩子，不要浪费了老天爷给你的天赋。"

这话里，有很多层意思，什么是更广阔的天地？怎样才算多体验？感觉，指的又是什么？一时间，我觉得有很多问题要问，却又不知道先问哪一个。

他大概看出我的犹疑了，接着说："不仅仅是因为它大，还因为那儿的人见识也不一样。我去北京我儿子家时，就在景山公园旁边住，胡同口儿一个修鞋匠，侃起大山来，都能把你侃得一愣一愣的！他指着背后的高墙大院跟我说，别看我只是个修鞋的，我后面的邻居，他们的鞋，都是我修的！"

我被老爷子的话逗得大笑，引得旁边人朝我们这边看。

"我说的是北京，但意思是，你不一定就去那儿，你也可以去其他地方，去世界各地，哪儿都行。你还年轻，应该出去走一走，看一看，人其实可以有很多种活法儿，可以活得很潇洒。否则，到了我这个岁数，忽然发现，本来可以过一种更适合自己的人生，却因为当初的懒惰，或者得过且过，或者一些别的什么原因，而错失了选择的机会，错失了一种更适合你的人生，那将是多么遗憾哪。”

老爷子的话，让我感觉很遥远，但也勾起了我心底的一个共鸣。

上大学时，我常常泡在学校的阅览室里看各种文学书刊，记得当时看到一段赏析老舍描写老北京城的文字里的京味儿，谈到儿化音的运用，能增加语言的感情色彩，烘托气氛。当时就觉得，这样的评论虽说也有道理，但还是没有把儿化音的味道说透。

阅览室里不能出声，我就在心里一遍一遍默念着老舍的文字，咂摸其中的味道，大宅门儿，冰棍儿，胡同儿，皇城根儿，玩意儿……就觉得，不管什么，只要加了这个“儿”字，就有了那么一种把什么都看得不那么重的轻松感，不管何时何地，都不耽误快活，透着一股说不出来的洒脱劲儿。就觉得，人，就该有这么一股劲儿。

当然，要是能钻一钻胡同儿，看一看四合院的灰墙黛瓦，品一品老槐树下的百味人生，就更有意思了。

后来，我到北京工作，定居，也成了家。有一天，接到老爷子的电话：“小松，我到北京了，你有空吗，咱们见一面。”

约了时间地点，我和胖哥一起，开车从石景山绕城半圈，到了老爷子家附近的一家涮肉馆。老爷子特别开心，回想我们在长春喝小酒聊大天儿的经历，一晃，差不多有十年光阴了。

见完老爷子，我赶着去拍杂志专题的一组大片儿。我那时是一本杂志的主编，同时还给几本杂志撰稿，期刊的每月截稿时间都是固定的，几乎没有空闲。那天拍片儿的地点，就在景山附近，沙滩后街胡同口儿的一个院子。

那时候，人们已经进入读图时代，相比文字稿，图片的创意和制作要花费更多精力和时间。尤其是都市时尚类杂志，图片语言所传达的信息更直观，更有冲击力。所以每期杂志重点专题的大片儿拍摄，我几乎都到现场，北京城各个有特色的地方也几乎都跑遍了。

那期选的外景，就是这个院子，是为了上屋顶。拍的是一位京籍男影星，从不羁少年成长为独挑大梁的知名艺人，老北京四九城的背景跟他很配，站在屋顶，视野由近及远，有一种岁月感和独特的京味儿。

后来在姜文的电影里，看到他拍的屋顶，这个老小孩和大男孩彭于晏一起，构筑了一个屋顶的游乐场。我就想，在老北京长大的孩子，大约都有屋顶情结吧。

屋顶之上，有光感，有美感，有湛蓝的天空和自由的味道，有希望和爱情的遐想，还有越过山丘的旷然和宁静。屋顶之下，有市井，有生计，有暗处和权谋，也有永不停歇的恩仇和争斗。

这么一混搭，就特别容易让人展开想象的空间，世间美好和不美好并存，人生得意和无奈同在。古往今来，谁也摆不脱屋顶上下的求索和博弈。

所以在屋顶之上，很出片儿，模特静立就行，看着远方，或者做沉思状，出来的意境，就能让人遐想万千。那一阵子，很多杂志都用过这种讨巧又容易出奇效的拍摄方案，所以那些年，我也没少往各个屋顶上站，哪儿高往哪儿上，甚至站在CBD几十层高的楼顶，找都市感，找国际感。

不过，我还是喜欢拍四合院的屋顶。连绵的屋脊，随坡度慢慢平缓，在不经意间陡峭，屋檐出挑或隐落，形成流畅优美的曲线。其间，也有老槐树冒出的树尖儿，头顶，时不时有大雁飞过，尤其在夕阳下的金色光晕里，会让人生出一隅之地尽收天地之美的无穷滋味。

我也喜欢一排排的灰色瓦片。层层叠叠，又井然有序的片片灰瓦，有着秩序之美，也有灵动的韵味。我后来在西安，也被那里老房子顶上的瓦片迷住了，当地朋友特意带我去了以瓦片为创意设计的酒店。设计师从各地老房子收回来的老瓦，镶嵌在酒店的墙壁之上，它们的沧桑感，与富丽堂皇的现实形成对比，每一片，似乎都低吟着远去的和正在眼前的人间百味。回京后我意犹未尽，好些天沉迷于画瓦片和瓦当。

后来看到林语堂的一句话,“最好的建筑，就是使我们居住在其中，却感觉不到自然在哪里终了，艺术在哪里开始。”说出了我的心声。

再后来，我在这条胡同的一个院子里办公，沙滩后街 55 号。

这里虽然叫的是“街”，但按照过去规划的城区胡同 9.24 米的宽度标准，它只能算是个胡同。也许早前，它更宽一些。

沙滩后街 55 号，最早是明朝正统年间建造的一座祭祀马神的马神庙，所以过去这条街也叫“马神庙街”。后来，乾隆皇帝的四女儿和硕和嘉公主府就建在那里，按当时的城区规制，这是唯一一座建在皇城内的公主府，而且面积远超于皇城之内的其他三座王府，可见乾隆帝对四女的宠爱之深。

据说这位公主生来手指间有蹼相连，状似佛手，所以也被称为“佛手公主”。只可惜公主阳寿不足，只活到二十三岁，无福于盛世。公主府慢慢也就荒废了。直到光绪变法，在众多改革举措中，引进西方教育制度、创立京师大学堂是重要的一项，为此，清政府将已闲置的公主府划拨给京师大学堂使用，民国后更名为“国立北京大学”。1918 年，北京大学部分院系迁往数百米外新落成的校舍，也就是著名的“北大红楼”，理科院系仍留在公主府里教学办公。

院子里至今完整保存着当年的数学系教学楼，我们办公的地方，是后来加盖的生物教学楼。午休时，我和同事常常在附近遛弯儿，对周边的环境也就慢慢熟悉了。

从胡同西行走到头，是景山东街，马路对面就是景山公园西门。时间充裕的话，我们就登上万春亭，站在中轴线的最高点，望一望四周，故宫的全景也可一览无余。

附近可逛的地方还有很多。十字路口的西南角，就是故宫东角楼，天儿好的时候，路过这里总忍不住掏出手机拍几张。其实，也无所谓天气，角楼，不管春夏秋冬风霜雨雪，也不管白天还是夜晚，都有它无与伦比的美。

从角楼往东，是五四大街。有一次，我从红楼门口开始，按照“五四”时学生们的路线，沿着北池子大街、南池子大街一直走到天安门，看了下时间，用了半个小时。不过，当天的学生们，一边走一边发传单，还要演讲、喊口号，用的时间应该更长一些吧。

有一次，网购的一双鞋寄到单位，试了试挺合脚，就想着贴一副鞋底。一打听，修鞋摊离得不远，出院子门，拐个弯儿，景山酒店的旁边就是。

找到了修鞋大爷，坐在旁边一边等他做工，一边闲聊。

“生意挺好吧？附近好像就您一位修鞋。”

“对，就我一家。生意不如以前了，现在的人啊，都穿运动鞋了，不像过去，你们女同志爱穿高跟鞋，来修的也多，费用也高，运动鞋不容易坏，来修鞋的人减了一半都不止。”

“过去？您在这儿很久了吗？”

“嘿，那可早喽！九一年的时候就在这儿了。”

九一年，那不正是我参加工作的时间吗，大爷的工龄跟我一样长。忽然想起多年前，张老师跟我说的，他在景山公园附近胡同口儿遇到的修鞋匠。

“这附近，以前也没有别人修鞋吗？”

“以前有好几家，后来他们都不干了，有的做买卖当老板去了，有的回老家了。”

“哦……那您，就没想过干点别的吗？”

“从来没想过，别的我不擅长，也不喜欢，就坐在这里修鞋，忙的时候有钱赚，闲的时候看风景，挺好。”

大爷说得没错。这条胡同，的确有风景可看。人流从景山、故宫两个热门景点出来，有一部分就会涌进这里，可以参观京师大学堂旧址，两边也有各种饭店和小吃，是一个很经典的“胡同游”路线。只是他们肯定没想到，自己也成了别人眼中的风景。

那天以后，我把要修的鞋、包全都带到单位来，用午休时间找大爷修。有一次，看见他正跟顾客聊天，一听，是原来在附近住了多年的老邻居，搬到望京去了，说那边修鞋的手艺不行，特意来找他的。

我那天时间匆忙，把一双新鞋递给他，说“要晚一点才能过来取”，大爷说“没事儿，不管多晚，你打个电话，我就到胡同口儿给你送出来”。

晚上从办公室出来已经 8 点多了，大爷把鞋递给我：“你这双鞋不错，用的是好皮子，我给你贴的底儿，用的也是好材料，这才对得起它呢，放心穿吧，走很远的路都没问题。”

大爷还真说对了。当时我确实计划要去旅行，有很远的路要走。通常这样的旅程，我都尽可能轻装简行，最好有一双鞋，既能走远路，又能应付搭配正装的聚会场合。大爷修整过的这双就刚刚好，舒服和体面都能兼顾。毕竟，要走的那段路，是看天地，也是看自己。

我所理解的看世界
是看世界的不同，也看世界的相同
是在繁花秀景之外，开阔眼界和思维
在山高水远之中，相安于归所

它让我心存敬畏，看到多元
也看到自己的渺小和唯一

Chapter 3

所行

有些东西，

是年轻时无论如何也不能拥有的，

只有经历岁月，才能得到。

匆匆白洋淀

白洋淀这个地方，像我这个年龄以及上下十岁的几代人，估计都是因为《小兵张嘎》而知道它的。它也几乎是我人生中最初的“外面的世界”。看这部电影时还没上小学，印象之深却终生不忘。虽然是一部黑白影片，但迷宫一样的芦苇荡，鱼儿畅游，水鸟啁啾，嘎子和奶奶，老钟叔和老罗叔，胖翻译……这些要素构成一个孩子的世界，将燕赵大地上这片如画的风景，也刻在了几代人的脑海里。

之后，是中学语文课本里读到的孙犁的《荷花淀》。月色之下，水生和媳妇的对话，院子里一大片芦苇席子，水面笼起的薄薄透明的雾，风吹过来，带着新鲜的荷花香……雁翎队的抗日故事在孙犁的笔下娓娓铺陈。生死存亡中有诗意的柔情，枪林弹雨里蕴含生活的隽永。

那时读之，并不懂得“荷花淀”流派代表作之于文坛的意义，只是感到一股扑面而来的清新雅致，觉得作者在写荷花淀，又不只在写荷花淀，字里行间中有很浓的情感在流动，那是一种由具象而升发的抽象意境，透着真，透着美。

这种意象，终究以文学的力量在少年心中留存并发酵，成为对燕赵之地这片水域的向往。恰好，我读的大学在石家庄，又赶上白洋淀干涸多年之后第一次蓄水，就和同学约了大学的第一个自助游。我们几个都是北方人，有内蒙的，有山西的，还有张家口和东北的，水乡这样的字眼，对我们有天然的诱惑力。

那时的白洋淀很原生态，没有商业气息，一路坐火车再转公共汽车，辗转到小村庄里，天已经黑了，就在老乡家里休整一夜。旅馆是当地村民开的，很简陋，但很有热乎气儿，早餐是香喷喷的小米粥和贴饼子，吃得身上暖暖乎乎的，即便秋天的清晨有些凉意，也不觉得冷了。

沿着土路朝水边走，两旁有杨柳飘摇，有水鸭子在小河沟里慢悠悠地晃荡，远处有水乡清晨特有的朦胧清雾，和偶尔不知从哪儿传来的一两声鸟鸣。很惬意舒心的一个清晨，留下合影数张。

水边已经有摇着桨的老乡在木船上了。那时还没有规范的旅游项目，但慕名而来的游客必定要乘坐木船去游芦苇荡，当地村民就自发等在岸边。

“南有西湖，北有白洋”，这片华北最大的淡水湖，虽不似江南水乡婉转幽深，却雄浑开阔。大风起时，卷起层层波浪，宛如一群白羊相拥着向前奔跑，据说“白洋淀”即是因此得名。

风一吹过，芦苇就往旁边倒，老乡的船桨在水面上发出哗啦啦的声响，波纹从船身两侧散去。一行人里，向军爱开玩笑，胆子也大，从老乡手里抢过桨，稀里哗啦一通瞎摇，船摆得厉害，却在原处打转，吓得女生们大呼小叫……

年轻无忧，也无脑。疯玩之后，兜里的钱也花得差不多了，不够买七个人的车票，就想着逃票回学校。男生们商量说，给女生买票，我们混出去。小林反驳，不行不行，你们几个一看就不像好人，还是你们拿车票，我们女生混出去。

不记得是谁，又贡献了一个新思路，说，拿票的人从站台出去，没票的人，就沿着铁轨一直走，总能走出车站吧……这个想法虽然令人跃跃欲试，最后还是被否定了。主要是大家还是觉得，不管前路有什么风险，能在一块儿，心里才有底。

出站的时候，七个怀揣小兔子的少年假装镇定，实则战战兢兢，随着人群往前走……出乎我们意料，居然顺利过关。走出站台没多远，大家凑到一块儿大笑不已。我们中间最冷静的亚琴说：“你们别得意过头了，其实我觉得，检票员看我们的眼神儿，人家不是不知道咱们逃票，只不过不想追究，放咱们一马罢了。”

这事后来成了我们聚在一起的笑谈。青春的记忆，也定格在那个清晨，那片芦苇荡。

从此对白洋淀的情感，就又有些不同。后来定居北京，离这片水也近了，又跟同事朋友去玩过，也收到过当地朋友寄来的稻田蟹和咸鸭蛋，每每看到白洋淀的消息或新闻，总是不由得停驻片刻。

那次，有点遗憾没看到荷花。大约十年前的一个夏天，朋友从白洋淀回京赶赴我的生日聚会，手里捧着几支硕大的荷花骨朵，说是送给我当生日礼物。

第一次收到这样摇曳的鲜活礼物，感觉有点意外。当天晚上就插在书房花瓶里，加了些水，也没怎么放在心上。想不到的是，第二天清晨睁开眼睛，顿觉房间里清香弥漫，走进书房一看，几枝硕大的荷花在晨曦中散发着温润的光泽，花骨朵华丽丽地灿然绽放，粉嫩欲滴，美极了。

那画面，就像是把一个远方的世界搬到了眼前，魔幻得令人难以置信。我禁不住惊叹，用手机一通狂拍，各个角度，花瓣花蕊，光影变幻，那么唯美入镜……此后几天，家里一直有清冽的荷花香气。那些美图也存在我的相片夹里，换了几部手机，至今都不舍得删。

荷花和芦苇，不仅仅是白洋淀的物质特产，更是属于这一片水域的独特符号。据说现在，打苇织席这个在艰难岁月养家糊口的活儿，已经成了人们记忆里的乡愁，靠旅游和农家乐维生的当地人，很少再有人愿意干这苦差事了。

不知道再过些年，会不会有人又像现在热衷有机食品一样，忽然转头，发现天然芦苇编出的草席，才是不可替代的真材实料好物，而愿意花高价买来享受呢。

反正，芦苇总是在的，它也不急，等着人们慢慢地经历，慢慢地想。千百年来，人们创造生活和守卫家园的智慧，在华夏大地无处不有，也无往不通。虽然过程时有波折，但回过头来总会知道，什么才是真东西，好东西。

春天来了，冰层消融，杨柳吐绿，放鸭子的大篷船也将驶上水面。“轻舟十里五里，垂柳千丝万丝。忽听农歌起处，满村红杏开时”，这是康熙皇帝凭淀临风，面对渺渺水波的即景抒怀。开阔而新生的意境令人向往，就跟一位老家在保定的北京朋友聊起来。她说，可能是离得太近，这样的景色对她来说实属平常，“熏鱼熏鸭熏泥鳅，才是去那儿的理由”，我便又与她预约了一趟春游。

这些陆陆续续的经历，构成了对白洋淀的一份不一样的情感，可是说起来也奇怪，给杂志写专栏，写到白洋淀的时候，脑海里最深的，却还是那一次。

后来看到一段评孙犁的话——“您是个主观的作家，但不是王国维‘不必多阅世’意义上的主观，偏偏是阅世深了。您不能冷静，哪怕是只言片语，也带情感。”

那一刻，也忽然明白了，为什么在众多文章里，孙犁先生独具一份动人的情韵。人总是在经历之后才会发觉，真和美，这看似最寻常不过的两样东西，也是最不易持守的。

年轻很好。年轻的好还在于，年轻过的我们，不由得就懂了年长的好。有些东西，是年轻时无论如何也不能拥有的，只有经历岁月，才能得到。比如，能直面这个世界的浑浊和悲凉，能原谅曾经的荒唐和迷乱……比如，能接受和你一起年轻的人，一起变老，乃至离去。

再看那个清晨，我们在白洋淀留下的照片，向军同学，已经先走一步，移居天堂了。他走时说，我这辈子最快乐的时光，就是上大学时，和你们在一起的四年。

我想，他的那些快乐，也一定包含了我们的白洋淀之行吧。那时的淘气和不羁，那时的痴傻和蠢萌，那时的无忧无虑和天真。

温婉的酒香中，

绍兴人以才以情以智，

在长长的史册中留下了重重的墨迹。

绍兴，家门口的诗和远方

绍兴这样的水乡古城，是有治愈功能的。累了倦了，找不着北了，都可以来这里走一走，住两天，它能让你积蓄能量，甚至重设方向。

为什么这么说呢？答案，就藏在它的老街老宅，这座拥有两千五百年历史的古城的任意一个角落之中。

来这里，最好的游历方式就是闲逛，没有目的，也无需目的的闲逛。每一个不经意的步履，都有可能触及心里最想要的那个绍兴，可能在意料之中，也可能是个意外的惊喜。

小巷子里，一户人家刚刚做好晚饭，整齐地码在家门口的圆桌上。六七个盘子和大碗，那菜，乍一看颜色有些清淡，仔细再看，却让人很有食欲，冬笋烧咸肉，猪骨炖冬瓜，炸小鱼，青菜……都是当地特色时令菜，荤素搭配，有寻常人家的烟火气，又有江南水乡的精细。女人们摆凳子摆碗筷，男人们端过来温好的黄酒……看见我拍照，一位大姐笑吟吟地招呼："过来一起吃吧！"我忙摆手致谢。

他们一家人，大人孩子加起来有七八口，围坐在一起，一边吃，一边聊着天。落日氤氲之中，像是一幅很暖的水彩画。这里是古城中心区，巷子里来来回回总有游客，想必他们早已经习惯了这样的氛围，沉浸在一方小天地里，喧哗无扰。

另一排老宅子前，我着迷于房顶极有年代感的瓦片，拍了又拍，放下有些发酸的胳膊时，才看见门口一位大爷正闲坐在椅子上。大爷的发型很吸引我，全白的长发扎起一个发辫，垂在脑后，手里夹着一支烟，配上清瘦的身姿，远远看去，真有些超凡脱俗的仙气……

我犹豫着，没举手机，担心未经允许的拍照会不礼貌。大爷可能看出我的心思了，拢了拢头发，把另一只手臂搭在椅背上，夹着烟的那只手还特意抬高一些，摆出一个更潇洒的姿势。我赶忙举起手机拍了一张，点头致谢，大爷也冲我点了点头，继续望着对面。

我顺着大爷的目光转身回望，才发现，我身后是高高的越王台，依山势而起，树荫遮蔽，雄浑壮阔。大爷每天就坐在自家门口，跟越王勾践对话。

来绍兴是临时起意，也只有一天半的时间，没做什么攻略。此刻觉得，攻略的确不用做，因为在绍兴，像这样的老房子，沿河密布，纵横交错，随便拐个弯，或者转个身，就可能被出现在眼前的东西惊到，不由得要俯身跪拜。

我们出来见世面，要舟车辗转翻山越水，而绍兴人，眼前的街巷，自家的门口，就是世面，就是古今。我们向往的诗和远方，就是绍兴人的日常生活。

住的客栈位置，相隔两条巷子，是徐渭艺术馆；走出巷口，过马路步行五分钟，便到了鲁迅的故居百草园和三味书屋；隔一条马路，就是记录陆游和唐婉爱情的沈园。不远处还有周恩来祖居、蔡元培故居，再沿街步行一段，就到了秋瑾纪念碑。去王阳明故里，转头才知道，王羲之故居也不过就一千多米的距离……

从读书识字开始，那些贯穿小学课本、中学课本，乃至人生课本的名字，无不振聋发聩，而他们，就这样漫不经意地，散布于不足十平方公里的老城区。一路拜过来你会发现，你拜的其实是整座绍兴城。

那些藏着名人故居的幽深小巷子里，到处是文艺气息十足的咖啡馆，粉墙黛瓦做背景，暖黄灯光烘托气氛，木质桌椅和散散漫漫的绿植花草……有历史的沧桑感，也不失现代的生气。

当然，到了绍兴，仅仅一杯咖啡是不足与之相配的，得喝酒，喝我最爱的黄酒。梅干菜扣肉是必点的，茴香豆也是……至于酒，有甜口的，半甜的，看我们犹豫不决，老板很有经验地推荐："先给你们上半斤甜口的，一斤半甜口的，喝完了再上。"

"好，好……"酒是用白玻璃瓶盛上来的，最普通的酒瓶，看起来却跟这黄酒最配，从颜色看，就像是"半瓶酱油一瓶醋"。

我喜欢黄酒的口味，不浓不淡，不烈，也不像人们说的那么柔。它有复杂的味道，它是绵里带着气性，就算已入腹中，余韵却还回绕在口鼻之间。跟它的相处，很像是一场与故友的聚谈，你来我往，起落转合，有气口儿，且燃点不断。

而此刻，又有了一种新的感觉，其实喜欢的，还有它带来的一种氛围。它跟窗外悠悠晃晃的乌篷船很配，跟夜色阑珊很配，它可以把你埋在心里的小火苗放大，大到足以把身心放进去，在酒香中，独得片刻的滋润。

这一袭酒香，绵长又飘逸，循着它，可以品一品过往的那一场又一场的醉。会稽山阴兰亭之下，王羲之挥毫书就《兰亭集序》的喜悦与哀愁里，有酒；陆放翁情伤空悲的《钗头凤》里，有酒；秋瑾“貂裘换酒”的义胆豪情里，有酒；鲁迅的故事名篇，篇篇离不开酒……温婉的酒香中，绍兴人以才以情以智，在长长的史册中留下了重重的墨迹。

这就是绍兴黄酒的韵味，也是江南的韵味。当古越先民用粮食酿制出第一坛酒时，那一脉浓郁的芳香便汩汩而来，从那遥远的年代穿越至今，一路浸润了一部中国史。

忽然想起以前看到的一句话，如果要寻江南的水墨底色，以及最悠长绵延的文脉，最硬朗不屈的脊梁和风骨，就该去绍兴，也只能去绍兴。那一幕又一幕的豪情和深情，生生不息气象万千，它可以古老和新意同行并存，幽深与开阔随时切换。

有空的话，就来绍兴逛一逛吧，一两天，或三五天，或更长时间。它和别处不同。起初，你本是离开家乡来寻找远方，而到了这里你会发现，这个远方，又像是另一个家乡，一个心灵的归所，一个精神的家园。它把两千多年的人脉和文脉，揉进了日日不尽的平常气息里。让每一个中国人都觉得，它与自己密切相关。

最好的藏地旅行，

是结识一位像洛桑一样的藏族兄弟。

苍茫天地，苦乐随行。

藏地有洛桑

从西藏回来的第一天，我就按耐不住依然沉浸在雪域高原的心绪，想写一写一路为我们驾车陪伴的藏族小伙，洛桑。

这一次西藏之行，对我们几个同学而言，是一次真正说走就走的旅行。没有预定，没有策划，一声召唤，连接大家的同道和默契，还有对藏地同学的想念，六个人一齐放下公事繁务，两天之内订好行程，在一个天清气朗的下午，从四面八方汇聚到拉萨。

一出拉萨机场，就看见来接机的小伙子等在车边，名叫洛桑。我知道高原烈日，这里的人都皮肤黑，但像洛桑这么黑的，还真是第一次见。

第二天早起，上午观布宫，洛桑陪我们，一路指引讲解并帮忙拍照。下午参观大昭寺时，他要为后面的行程检查车况、准备通行证件和必备物品，没有出现。

随后启程赴林芝地区。早晨一上车，就看见一个塑料筐放置在驾座旁边的储物架上，里面是小西红柿和几根翠绿的黄瓜，洛桑说，“每次长途都要备一些，路上吃一点，很好”，这是他前一天晚上洗干净的。吃了一个小西红柿，味道纯正香甜可口。一行人，两辆车，在清香欢快的气氛中开拔了。

但气氛很快被路况降了下来，出拉萨市区不远，山路上开始雨雪交加，越下越大，四周一片白茫茫。眼见大车小车停在路边，我们心里开始打鼓，路还能走吗？还能如期抵达目的地吗？

我坐在副驾驶位置上，小心翼翼问洛桑：“这路，行吗？”

“没事，我们这样的路，走得多了。”洛桑一脸镇定地直视前方，我的忧虑稍稍减弱了一些。

途中有大货车抛锚在积雪里，洛桑说：“这种情况，不能踩刹车，要用油门和手刹控制车速……实在启动不了，就要挂倒挡，因为倒挡动力最大。”

我顾不上听他说话，一直紧张地盯着路面和在狭窄山路上与我们错车的大小车辆，眼见他从堵车的缝隙中窜行过去，终于，在越过几辆堵在最前面的大货车之后，前路再无阻挡。

悬着的心放下来，我开始留意身边这个话不多，但是一脸坚毅的小伙子，因为我发现，此行顺利与否，完全取决于他。

一路上，我都提着精神跟洛桑聊天。开始，只是为了履行副驾驶的“陪聊职责”，渐渐地，却被他聊天的内容吸引，变成越来越好奇的探询了。他知道途经的每一座山下的小村庄，物产、特色、风俗都讲得出来。他还告诉我们，这一路要经历四季，从茫茫雪山到热带风光，衣服脱了穿，穿了脱。

到色季拉雪山附近，为了不让我们被冷热交替的气温伤身，他一直坚持不开暖风，不断用抹布擦拭前挡玻璃的雾气。每次我想帮忙，他都伸手拦住。他叮嘱每一个人下车拍照时一定要穿上厚衣服，以防感冒。

看见前路上慢悠悠散步的牦牛，他说：“这里的牛，不管你怎么按喇叭，都不会动的，只管自己走路，真的很牛！”一车人忍俊不禁。

山路实在坎坷，经过大半天颠簸和粒米未进，我渐感体力不支，也没力气说话了，瘫在座位上，忍受一阵阵眩晕和恶心。他转过头问我："不舒服吗？" 不想给大家添负担，我连声说"没事，还好"。但在接下来的途中，却明显能感觉到洛桑在平坦路面加快速度，而在凹凸路面更加仔细地控制车况，既想尽快到达目的地，又想尽可能减缓颠簸。

晚上8点多，到达波密县古乡村的仁青客栈，一个绝美的背山临湖的藏式客栈。天还没有完全黑，客栈的灯光与半明半暗的清透天光交相辉映，如同天堂。客栈的餐食美味可口，当地特色藏香猪肉做得色香味俱全，滚热的酥油茶让同伴们沉浸在藏式氛围中，情绪高涨，纷纷穿上藏袍拍照留念。

见我对餐厅的特色布置感兴趣，洛桑就用藏语跟老板交流了几句，然后引我到厨房参观，老板很热情地用不太顺溜的汉语招呼，"进来吧！" 我问洛桑，"能拍照吗？" 得到他肯定答复后，连拍了多张美轮美奂的厨房内景。

下面的行程，是位于墨脱县的世界第一大峡谷—— 雅鲁藏布大峡谷。

一夜雨不小，清晨路难行，泥泞程度为我们前所未见。一路上，有车打滑，倾斜在路沿下，也有车抛锚，陷在烂泥里，还有塌陷的路面和抢修人员、施工设备，旁边山坳密林重重，深不见底，但洛桑的车始终开得很稳。

同伴问我，坐在副驾驶怕不？我说一点不怕。这话是真的。我懂开车，看洛桑对路况的处理和对突发状况的反应，就知道，我们遇到的一切，都还远远没有达到他的极限。面对一件事，当游刃有余和坚定果敢兼具时，一定可以做得好。我还有什么可怕的呢？有的，只是由衷叹服，和对精湛技艺的赏心悦目。

快到大峡谷时，是最难走的一段路，对面一个自驾车队开下来，司机摇开车窗说："回去吧，前面路不好走，已经封了。"我们的心瞬间沉下来，一路艰辛，难道就被这样劝返了吗？

洛桑也犹疑了一下，但很快定下神："没事，这里离大峡谷已经很近了，如果真的不让上，我就把车停在路边，你们走上去也没多远，已经走到这了，不能就这样放弃。"还好，走到上面，他用藏语跟修路工人交流几句后，顺利通过。

两天艰辛行程，一路险情迭发，雅鲁藏布大峡谷终于呈现在眼前。洛桑一边寻找最佳位置给我们拍合影，一边说"这里可以多待一会儿，你们来一次不容易"。

返程途中，我问洛桑，像这样的路走了多少趟？他说记不清了，带过的团队也多得数不清。有一次连夜赶路，大雨滂沱，无法分辨塌陷或滑坡，他全凭经验、车感和技术，试探着经过，“那次的路，才真的是险”。

进墨脱县城，一行人吃过晚饭，开始逛街。洛桑在一个特产店铺给母亲挑了一些可以穿成佛珠的树籽，“上次带妈妈来转山时买的那一串，颜色不同，我要再给她带一些回去，穿成同色的珠子，妈妈念经时用。”随后，他打开手机给我看家人的照片，我惊叹这一家都是帅哥美女，他们出游、野餐、节日聚会的画面其乐融融，美不胜收。

回宾馆休息已经是 11 点多，几天劳顿和长途颠簸，我只剩下躺在床上翻看照片的力气。门外传来洛桑的敲门声：“姐姐，睡了吗？把这个给你。”我打开房门，见洛桑手里拿着两盒药：“这种，我已经把瓶口划过了，明天早餐前，你用钥匙或是其他坚硬的东西敲一下，就能把瓶口打掉，然后一起喝下去。另外这种，吃一片也可以……这两种，吃这个，就不吃这个，记住啊！明天还要走很长的山路，吃了药，你就不会难受了。”

太意外了，这么晚，外面还下着大雨，他是从哪儿弄到药的？那一刻，这个皮肤黝黑说着生硬汉语的藏族小伙子，以他的细腻和纯良，深深打动了我。

经过几天的熟络，后面路上，洛桑的话题打开了，开始讲自己。他的祖辈是藏地贵族，做很大的生意，父亲随十世班禅从日喀则来到拉萨，全家定居。他在重庆念书，学法律专业，毕业后回到拉萨。太太是记者，那几天正赴沪采访，我们的旅程结束后，太太也刚好完成采访回到拉萨。他说，等把刚刚一岁放在外婆家的女儿接回来，一家三口就可以团聚了。“这次把女儿接回来，就再也不送走了，我们要自己带孩子。”

路过波密，他说，这里产鹦鹉，他养过一只，特别漂亮，能说很多话。但鹦鹉心脏不好，被他家的猫隔着笼子扑抓，吓着了，第二天就死了。他很伤心，给鹦鹉包裹哈达，坠上石子，水葬了。

我问他，你们这样的家族，有没有很严厉的家规和家训？他说，也没有什么特别的，“就是跟大家一样，比如吃饭时不能做其他事情，长辈说话时不能顶嘴”。我说：“要是长辈说的不对呢？”他说：“那也不能顶嘴，只是听着。”

几天的藏地行程匆匆结束。在机场，洛桑给每个人献上哈达，而我们，跟他依依拥别。这一别，恐怕难再相见了。旅行，就是另一种相聚和分离。有的要放下，有的会永存。

我去过的地方不少，每到一处，都喜欢跟当地人交流。在大理，遇到了为我们驾车游白族地区的司机师傅，一路访古迹寻美食，超出预计时间和路程，却不肯多收一分车费；在桂林，客栈的美丽老板娘跟我们一起畅饮，敞开心扉述说职业困惑，结账时，餐费远远低于我们预期……

一方水土养一方人，这一次是我二进西藏，之前听说当地人凶悍，却出乎意料地，结识了一位很真很纯的藏族兄弟。

我对陌生事物的定义，还有多少是建立在盲目和轻率之上？那些如风来风往的善意之中，可是伴随了神山圣水的荡涤？经幡在空中飘荡时，承寄了怎样的执着和期许？五体投地的长拜之后，又将得到怎样的皈依？

十年前进藏，是看万千世界，十年后再来，终能静观自己。

我对脚下这片土地，有多少深情厚意？我所爱和所持，是否也纯正如一？我在从业的领域，是否也技精艺练游刃有余？我对前路，是否也坚定、勇敢而清晰？

最好的藏地旅行，是结识一位像洛桑一样的藏族兄弟。苍茫天地，苦乐随行。愿我的灵魂，早日得所依。

眼前的古镇，

就是因为这种高质量生命的浸润，

而充斥着绵绵不绝的能量。

青木川，能量场

青木川，这个名字很有诗意，好听又好记。据说因为古时候，这里有一棵巨大的青木古树而得名。如今古树不在了，这个美丽的名字却流传下来，如诗一般地被世人所爱。

走进古镇，就会被它一股特有的气场感染。四周群山环抱，林林莽莽，山间的一片平坝之中，有河水穿镇而过，蜿蜒曲折，一直流淌进大山深处。

本来是7月份的高温季节，可是一踏进这片地界，竟然清凉了许多，好像四周有看不见的制冷机，无形之中就把温度降了下来。

古镇始于明代，周边分别连接陕西、四川和甘肃，被称为“一脚踏三省”。镇里的居民沿河水两岸居住，民宅和商铺散落其间。

我喜欢这种松弛的感觉，商铺做生意，但并不完全是商业味。卖核桃饼的老板是位六十多岁的大爷，把一块切好的新出锅的烤饼递过来，“不买也没关系，尝一尝我们这里的土特产，坐一下，这会儿日头毒，当心晒黑了。”还告诉我，镇子的夜景很美，要在夜里，到旁边的小山上往下看，能看到全貌。

小山并不高，一口气就上来了。再看下面，整个古镇灯光璀璨，沿着河岸，就像一条金灿灿的卧龙盘踞着。此刻的大山里，四周一片静谧，空气凉爽清透，天上的星星好像也更近了，忽闪忽闪的，天地呼应，仿佛一个巨大的能量场。

想起白天烤饼大爷的讲述，这里曾经是“小上海”。能想象么，一个深藏于大山的古镇，曾经有怎样的繁华和兴盛。它是陕西省宁强县下辖的镇，宁强早前的名字是“宁羌”，是青藏高原的古羌族人在此繁衍生息而形成的，所以这里处处能看到羌族人的民俗痕迹。由于重要的地理位置，这里成为古时商贸往来的重镇。

不过如果仅仅如此，它还不会有今天的盛名。这座古镇闻名于世，得益于两位重量级人物生命能量的释放。

一位是当地土生土长的牛人，魏辅唐。他出身贫苦，生性豪勇，娶了一位富家小姐而发际，很快成为当地头号人物。用当地人的话说，“这人有多好，就有多坏”。

民国时他接受政府征调，参加剿匪，乘机夺得大量枪杆，形成了自己的武装力量。他统治青木川期间，兼并良田、房屋和地产，巧立名目，横征暴敛，同时也开店办厂和学校，青木川在陕甘川成为“最牛镇子”，离不开他的功劳。

他有很多至今被人们当作谈资的矛盾行为，做生意只收本地商税；开烟馆不许本地人染；重视教育创办辅仁中学，对老师特别敬重，规定所有适龄孩子必须上学，女孩也不得例外；娶六个老婆家庭和睦，对犯戒违规者却凶残无比……不难看出，他对家乡爱得很深，只不过这种爱猛烈又专横。

魏辅唐一生枭猛，在某种程度上奠定了青木川的繁华与富庶。据老人们回忆，当年汉中府的人还没见过玻璃，而青木川的居民已经用上了玻璃窗。

今天在古镇里能看到的高大气派的建筑，大多数都是魏家的基业。透过浓浓的岁月痕迹，依然清晰可见窗棂门楣的精雕细刻，以及那个时代的传奇色彩。

另一位，是把魏辅唐和青木川写成小说的作家叶广芩。

她前后用了二十年的时间，进行小说的酝酿和资料收集，先后采访近百人，最终完成了作品。

据说，创作的起源，是作家在青木川的一次采访经历。当时她在镇子里遇到一位牧羊老汉，聊天时发现，老人竟然可以用英语交谈，令她异常吃惊。原来老人是辅仁中学的学生，当时按魏辅唐的办学理念，英语是学生们的必修课。很多孩子就是从这所学校毕业的，他们走出大山，开启了各自的人生。

老人回忆，当时时局动乱，自己就留在了家乡。但仅这一个片段，就触动了作家敏感的神经，开始关注这位虽已离去多年，却依然盛名不衰的当地牛人。

作家把久居陕南灵秀之地的感怀融入创作，以魏辅唐为原型，写就小说《青木川》。作品一经问世轰动文坛，在她的笔下，魏辅唐的匪性和人性多重相融，与陕南地域的历史文化一并尽现，如一扇打开的窗户，带着人们回看过往，再看今朝。后来小说被改编成电视剧，孙红雷主演，使得古镇更加声名远扬。

我们入住的客栈里，每个房间的床头都摆放着这本小说。镇里游览一天回来，躺在床上翻看几页，那些刀光剑影生死恩怨，仿佛正从窗外的石板路上滚动，历历在目。那些随着山间溪水流逝的浪花，曾经历过怎样的激流涌动，又是怎样的多彩动人。

历史的脚步一直向前，我们无法挽留，但有一些能量余波一直都在，那是两位牛人与这片地界高能量互动的余波。不管时间过去多久，他们一直都在。

他们都有一份深爱。这是一种很深的情感，刻在脑子里，印在心灵深处。拥有这种情感的人，不太会悲观，也基本不会抑郁，因为有牵动着他们全部神经的人或事，就算是房间突然黑了灯，他们的第一反应不是找开关，而是找那个目标。他们会不动摇不变迁地奔向那个目标，释放全部的挚诚和能量。

眼前的古镇，就是因为这种高质量生命的浸润，而充斥着绵绵不绝的能量，以至于，悠悠岁月万水千山，都不能削减这种超强的辐射，让每一个见到它的人，都能感受到一番深入灵魂的生命体验，如夜空中的星星，一直在闪亮。

所以，找到你的深爱吧。它很迷人，此生很值得。

此前的喧嚣忙碌，

或许都能在这深夜的路灯下，

烟雾缭绕的炭火和小串儿中，

得以温情的治愈。

烧烤锦州

到锦州的时候，已经将近夜里 10 点钟。北方城市，不像南方这个点儿还人声鼎沸，烧烤摊的老板和店员忙着收拾，从席间残余，依然能看出刚刚落幕的喧嚣盛况。

烧烤，在国人的餐桌上实在是一个特殊的存在。几乎所有人都有过这样的经历，一顿大餐之后，哪怕已是深夜，宴席上意犹未尽的同伴也会眼神一碰，“走，旁边撸个串儿！”好像大餐只是开场，烧烤才是落幕。

有句话说，生人吃席，熟人吃串。能在一起吃串喝啤酒的，就是那种不用端着，可以用自己喜欢的方式，怎么舒服怎么来的关系。

锦州，就是一个把这种餐饮配角做成了主角和支柱的城市。在这里，随时随处，都能让你找到想要的舒服和自在。

这里的烧烤，源自二十世纪八十年代，新疆人在街头支起了第一个炉子。没想到，竟然火了。后来人们觉得，烧烤似乎开启了当地人饮食基因的闸门。这也不奇怪，锦州自古就是女真、契丹、蒙古等游牧民族的聚居地，打猎、烧烤野味，本就是看家本事。

依山靠海的区位优势和便利的交通条件，让天上飞的、地上走的、水里游的，皆可被锦州人放到火上烤。人们开玩笑说，在锦州的烧烤店，除了老板，一切皆可烤。

从手法上，烤肉自然是学的新疆烤肉串，不过锦州人把肉串做得更小，烤得更精心，所以味道也更好；烤蔬菜则是从南方学来的，在入味的同时还能保证蔬菜本身鲜生的口感；烤海鲜，则是本地人的发明，锦州沿海，盛产各种海鲜，其鲜美的滋味更是一绝。

我们在路上碰到一位特别爱聊的司机师傅，讲起烧烤头头是道："不同食材，如何配料，如何调味，什么火候，那都是学问……就拿酱油说吧，都是熬熟的，刷在食材上，烤出来味道也更好。"

从师傅这里，我还是头一次听说，这些小料除了以酱油和满族大酱为核心，还有中草药配制，秘方则是各家不同。总的来说都是满族医药文化的派生品，不同的食材加入不同的调味料烤制，也有生烤和熟烤的讲究，分门别类，五花八门。生手要想入门，且得潜下心来认真学习琢磨一番。当然，没有这个过程，也烤不出全国独一份的锦州味儿。

临下车，师傅特意嘱咐我们，在锦州吃烧烤，不要去大店，又贵又不好吃，要去路边店，食材新鲜价格亲民，是最地道的咱老百姓爱吃的那一口。

有了师傅的推介，我才注意到，路边的烧烤摊上，琳琅满目的食材旁边，调味料盒占据了很大一片面积，少说也有十几二十种，有些根本叫不上名字。有些食材在烤前需要先腌制，腌过的和没腌过的上火烤时，撒料的时机也都不一样。

这样一来，烧烤师傅需要谨记品类和时间段，通常烤炉上有多种食材同时登场，师傅的两只手上下翻飞，分秒不得闲余。碳炉上滋着油花的烤串，散发出不可替代的、各自的香气。

除了烤制过程中的调味，还有两样是吃烧烤时不能缺少的佐料，生蒜和蒜蓉辣酱。冒着热气和香气的烤串，就着这两样入口，会让属于锦州的味道在口腔炸裂。

这是锦州的独创。要知道，这座城市一直都不缺少独创。

那场著名的辽沈战役让人们记住了这座城市，建国后，它更是创造出新中国的很多个第一。第一只半导体晶体管、第一根锦纶丝、第一台真空感应炉、第一滴人造石油……都诞生在这个东北著名的重工业基地。这些忙碌在烧烤炉上的手臂，二十年前，可能正在工厂车间的流水线上翻飞起舞。

前一阵子,《漫长的季节》很火。这部电视剧就是以东北重工业城市为原型，讲述了一段没落、变迁与“向前走”的故事。朋友家的一位高中生看完剧发了一段话，很打动我:“作为一个 00 后，看完这部剧最大的感触，是更新了我对工人、对劳动本身的理解。我对工人是有误解的，先前不觉得‘工人’是多么伟大多么光鲜亮丽的职业。但在九十年代的东北，工人这个 title，本身就是一种自豪和骄傲，由内向外散发出的是一种劳动带来的光荣感。对于他们来说，工作是开心积极的事情，他们对工厂有归属感，反观现在，每天忙碌奔波的上班族，过得很有压力且消极。那时的工人还‘文武双全’，经常参与厂里的文艺活动，跳舞唱歌样样通，是多么充实幸福。”

我们今天常说“择一业，精一事，终一生”，那一代工人，过的就是这样的人生，是现在很多人向往的状态。

随着时代变革，那一代人在过去和现实交替中体验着五味杂陈，释放并不强烈但也从未暗淡的生命能量，涌入烧烤大军的他们，将锦州烧烤变成了这座城市的新符号。

这符号里，甚至还带着浓浓的“转型味”。锦州烧烤有铁丝串、竹签串，而当地人最喜欢的，是用自行车辐条当签子的车条串。那时候，很多自行车厂都倒闭了，大量的铝铁车条被废弃。烧烤店就低价购入这些车条，消毒加工，做成烧烤签。这种签子成本低，导热性能好，肉熟得更快，味道也更好，“车条串”就成为锦州烧烤特色。

让我印象深刻的另一个特色是“路边烧烤车”。有天夜里，和朋友在街边散步，猛一抬头，看见路边停了一辆烧烤车。或许是北方的深夜尤其漆黑寂静的缘故，它就像黑暗中的灯塔，全身通亮，那光晕把周围一大片都照亮了。各类生鲜食材、半成品被老板穿成整齐的一串串，或平铺或悬挂，齐全精细，用心程度让人惊叹。

我们走近时，已经有三三两两的食客围在烧烤车旁边了。无需多说，用手微微一指，老板就能秒懂，迅速拿起小串在火上翻烤，双方之间的默契无需言语。再看远处，这样的烧烤车零散分布，星星点点。

这就是锦州人的深夜食堂吧，热火朝天的店堂之外，独有的一份安静和享乐。此前的喧嚣忙碌，或许都能在这深夜的路灯下，烟雾缭绕的炭火和小串儿中，得以温情的治愈。

能治愈人心的，还有著名的大佛。从城区往北大约五十公里处的义县，有闻名于世的奉国寺，与天津蓟州区独乐寺、山西大同华严寺并称为辽代三大寺院。梁思成曾称赞“千年国宝、无上国宝、罕有的宝物，奉国寺盖辽代佛殿最大者也”。寺内存有世界上最古老、最大的泥塑彩色佛像群，距今千年。

这座古寺从建成后就遭遇重重劫难，历经了金辽两国的惨烈战争，元代时期的大地震，都未有损伤。寺庙工作人员告诉我们，这得益于建筑的榫卯构造。木结构的柱、斗拱、梁、坊组成了框架，由巨大的木柱支撑起屋脊，木柱并非埋于地下，而是平置在柱础石上，木柱与柱础石之间可以错位，起到化解地震波的作用，木柱在晃动之后又可以归位，使整体建筑安然无损，让人惊叹老祖宗的聪明才智。据说辽沈战役中，一枚炮弹穿过释迦牟尼头上的屋顶，又击碎了身前的莲花座，但掉在地上后居然没有爆炸，仿佛真有佛祖在保佑。

恰好三座古寺我都到访过，与华严寺的华丽辉煌、独乐寺的磅礴威严相比，奉国寺远离尘俗，古香古色，更显沧桑。

当年王家卫拍电影《一代宗师》，几场重头戏都在这里取景。章子怡饰演的宫二为复仇求寻精神依托，幽深高远的大殿之中，佛灯之光星星闪烁。王家卫的拍摄手法使这几场戏颇具禅意，静谧佛像在默默无闻间升华了电影的主题。

我们到时是下午，落日余光从大殿的窗棂中透进来。那一刻，真有些震撼。还能说什么呢？佛是千年前的佛，光是千年前的光。

当时还赶上专家们正在工作，对彩塑佛像进行保护性修复。讲解员说，他们是来自陕西文物保护研究院的专业人士，这次修复工作耗巨资、历时长，是一项巨大的工程，预计工期是十年。

佛像前，架上灯下，专家把盘中软泥轻轻挑下一点，抹在佛像的裙裾边缘，再用特制的工具一下一下地刮涂，每一个动作都小心翼翼。照这样的精细劲，要把七尊大佛和旁边的协侍雕像都修补完成，十年时间怕都是快的。没有点佛性，真干不了这活儿。

我看得着迷，痴痴地立着。要不是寺门将关，真想就这么一直待着，享一享这如梦似幻的空静绝尘。再望佛像，微微含笑，神秘又意味深长，仿佛在说，你们，也是自己的佛。

炊烟，瓜田，

满池的鱼虾，

满地的鸡鸭……

幽蓝天空下，偶有灯光点点。

盛满鱼虾的湖泊

普者黑这个名字，大家耳熟能详了。它的美名天下皆知，很多人甚至把它作为一生必打卡的目的地之一。

准确来说，它是云南文山丘北县的一个村子，村民世世代代栖居于此，耕地打鱼，过着世外桃源的生活，“普者黑”就是彝语“盛满鱼虾的湖泊”的意思。

到这里，是为了拍云南三七的宣传片。一部分工厂生产线的素材已经在昆明拍摄完成，另一部分追本溯源，要到田间地头。

跟坐在办公室里看看电脑打打字相比，这种活儿要辛苦得多，跋山涉水是少不了的，还经常会有各种意外，计划赶不上变化，比身体更累的是心。

但我每次都乐此不疲。

大自然赋予每一片土地不同的性格，也赋予了它四季轮转、顺时而食的别样滋味。一地，一物，一季，一味，以及将这一切串联起来的人，常常带给我惊喜，让我开眼界。

在嘉兴，百年老店的传承人胡老师傅手把手教我包四角粽子；在连云港的蓝莓种植基地，农大毕业的小王经理，一连几个月驻守大棚，静观蓝莓小果生长过程的细微变化；上海郊区的豆腐工坊里，几位美女从日本豆腐大师那里学成归来，自创精品豆腐品牌，她们每天夜里 11 点进车间，泡豆、磨浆、煮沸、过滤、点浆、切块、包装、运输……赶在超市开门前上架，每天供不应求，而她们精选原料精工细作的豆腐啊，吃上一口才知道，此前对豆腐的认知，都浅薄了。

天然，地道，人心，一味美食，就是一个世界。

到达时，是一个有轻雾有小雨的下午。这种有云朵有水汽的天儿，是普者黑最美的时候。独有的喀斯特岩溶地貌，丘陵起伏湖泊相间，在雾气之中确如仙境。

水滴是从带着金边的云朵里洒落下来的，落在车窗上，没几分钟就干了，也没留下痕迹。这跟北方的雨不同，北方的雨常常混着空气里的灰尘，落点即泥点。

太阳的光线从云朵间透下来，忽明忽暗，加上流动的水汽，天地之间皆是金黄色的暖调。我赶紧叫醒车里昏昏欲睡的同伴。旅行经验告诉我，美景就是在不知不觉时忽然出现的，没有预报，也不可能回看，错过就错过，若是看到了，就会一直留在心上。

一车的人，就这样，不知不觉进到了画里。

车在土路上行驶，两边是农田和湖泊。车开不快，倒不是因为路不好走，而是因为在此时此刻，要去的那个目的地，似乎并不比眼前的一切更重要。

比如，要给迎面过来的牛让路，它们自顾自地走得很慢，更不会介意你是不是着急；司机师傅看见对面的熟人，会点一下刹车，带一两句话：“仓库的钥匙放在老三那儿了，你回去记得找他要。”被他带话的人也会回一句“鱼塘晚上要放水，你到时候过来哦”。

这里空气清透凉爽，白天即使艳阳高照，也不过二十七八度，夜里大概十七八度，体感舒适，人们享乐的时光也更多。

到酒店的第一个画面，就是两个喝醉的女生互相搀扶着，摇摇晃晃从门里走出来。走遍大江南北，所见大多是女生劝男生少喝酒，而这一幕，加深了我对丘北女生的印象。当地朋友说，这里的人喝酒很厉害，凌晨三四点钟大街上还是灯火通明。

酒这东西，不好者厌之，好之者，乐趣无穷。作家周国平说：“世上有味之事，诗，酒，哲学，爱情，往往无用，吟无用之诗，醉无用之酒，读无用之书，钟无用之情，终于成一无用之人，却因此活得有滋有味。”

享受人生，各有各的乐法，所谓“诗酒乐天真”，文人们以诗酒抒胸臆，普通的民间百姓，虽不作诗，但也能从酒里找到想要的快活。就像这里种地的农人，喝了几杯酒之后，话题也打开了：“我们这里种三七，全凭老天爷赏饭，年景不好的话，一场冰雹，几年的辛苦就打水漂了。”

三七，因其三年成长，每株七片叶子而得名。“年景不好”就意味着三年的努力都白费了，但农民大哥说起来，却是轻描淡写一笑而过。

“那……然后怎么办呢？”我觉得，大哥总该再说说后面的应对之策吧。

“怎么办？还能怎么办，饭照吃，酒照喝，反正这山这水都在，力气也还在，重新来过就是了！”大哥说着，从眼前一大盆滚沸的香喷喷黄牛肉火锅里盛了一碗汤，又撒了一把薄荷叶，递到我面前：“先喝一口汤，再吃一大块肉，我们本地人都是这样吃，才有滋味。”

顺着大哥手指的方向，我望了望窗外的山水，丘陵鳞比，湖泊相间，散落的民宅点缀其间，炊烟，瓜田，满池的鱼虾，满地的鸡鸭……幽蓝天空下，偶有灯光点点。我们所能想象的人间仙境，也不过如此了吧。

在这样的山水里，大哥这“乐天真”的性情也就不足为奇了。

桌上的辣椒菜备受青睐，起初我没太在意，以为辣椒处处都有，有什么特别？但吃了一口，还真有一股很浓的香味。大哥说，丘北的特产不仅是三七，还有红辣椒。一到秋天，这里就被红色覆盖了，家家户户房前屋后会挂着一串串、一排排的红辣椒，一幢幢楼房就像披上了红红的棉被。每年都会举办辣椒节，其间会有各种关于辣椒的赛事，比如五分钟内把干辣椒果上的辣椒把摘下，谁处理的辣椒果最多，谁赢取比赛。

“你看——”大哥指向后厨门口几大盆红红的辣椒碎，“这里的辣椒果肉厚实，籽多，用热油一烹，香得很呢。”说话间，大家不禁多喝了几杯，连不吃辣椒的同伴也直呼“不辣，香！”

可这儿的辣椒为什么这么香呢？大哥说，这辣椒啊，从地里拔出来那一刻就这么香，这里的水土啊，底子好，没办法，哈哈哈……

能烹制如此美食的一方乡土和乡民，

必定拥有独特的魅力和风情，

必定承载此生此长的人们的无限眷恋。

大佛与凉粉

对山西的印象，在没去过之前，是由一些人构成的。

读书时，印象最深的就是石评梅和高君宇。被誉为“民国四大才女”之一的石评梅就是山西姑娘，名字跟名著相仿，既好听又好记，还有一段才女和革命先驱凄美惆怅的爱情故事。

才女爱英雄，却为先前的初恋失败而抱定独身主义。后来英雄先逝，才女终日以泪洗面，无限哀思，三年后病重而去，走时才 26 岁，风华正茂时。他们的墓碑就在京城南二环的陶然亭公园，我去逛时，特意默拜了他们。

这个故事一直留在我脑海里。读书时，对“才女”这样的称谓充满兴趣，一个一个读下来，又翻资料寻照片，想看看她们到底多美，多有才。后来，随年龄渐长，便从对外貌的关注转移到去思索她们的命运。再看才女生平时，不禁感慨人生短暂，别留遗憾，还是在这一世把能了的因缘赶快了了吧！

想见就常见，想吃就多吃，想爱就深爱，免得拖到下一世，又是一番理不清的纠缠和撕扯。况且，今日世道已经如此多元，无需陈规裹足，随心而行是世风，无需那么纠结和无奈了。

印象中的山西人还有刘胡兰和阎锡山，一个是有坚定信仰的钢筋铁骨，一个是反动军阀，至于女娲补天、尧舜禹建都、唐太宗起兵建大唐、女皇帝武则天出生地……这些跟山西有关的古事都离得太远，摸不着边际。倒是“晋商”，在重儒轻商的朝代，能以经商获得社会威望和持久影响力，必有其深层的精神支撑，这种精神能量里所包含的勤奋进取、诚信重道和自律节俭，让人对山西有了更多感性认知。

不知道鲜卑游牧民族拓跋氏在一千五百年前建立北魏一统北方时，有多少开疆拓土融贯南北的基因被传承下来，但想必，没有胸怀四海驰骋天下的磅礴大气，也很难成就晋商的辉煌。我们到达大同的第一站，就是云冈石窟，鲜卑族在历史上留下的重要印记。

大佛立于眼前。如果不是身临其境，你根本无法体会到这种震撼，也不得不对凿山成佛、顶天立地的古人刮目相看。

游牧的生存方式，并非让鲜卑人只懂骑射和豪饮，把君权和神权合为一体的远虑，也让这个寿命虽短的王朝创造了与天地同久的永业，不仅在政治、宗教、文化、艺术上都留下浓重一笔，世世代代的后人还得以循着一尊尊佛像传递出来的信息，去追踪和寻觅那些前朝往事，那些从兴起到衰亡的风起风散。

在这里长大的同学说，他们小时候，文物保护不像现在这么重视，不管是石窟里的大佛，还是石窟外的大佛，他们尽可以爬上爬下。那时的佛像色彩炫丽、精美无比，脱色和腐蚀也就是近几十年的事。这么一说，好像我们缓缓成长的这几十年，佛像脱色的速度竟超过了前一千五百年的总和，这事儿想来，真令人叹息。

不过，像同学那样，能跟大佛有如此亲密接触的好运，也不是人人都有的，必是多少沾了点仙气儿吧，让人有些羡慕。我们此刻，只能仰望和拜谒。

第二站是华严寺，辽金宗庙。一进庙门，就感受到无与伦比的大气和广阔，再看介绍，才知道这座寺庙占地 6.6 万平方米。我素爱逛寺庙，但所逛都无法跟华严寺相比，更难得的是寺内诸多保存完好的古迹，佛像、木塔、地宫……寥寥片刻，只能走马观花，默拜之后心存无限敬畏，说不尽道不完，等以后专门写一篇寺庙的文章吧，因为迫不及待要进入此篇的正题。

对，前面的啰啰唆唆都算是序，下面要说的才是正题，也是山西之行近一个月后，让我放不下、天天想，却苦思而不得，终究只能写篇“山西”来纾解饥渴的源头——

那碗凉粉。

人人都道旅行是享乐，我却觉得，旅行也是积苦。每一次，都会累积下来一个永久的痛苦—— 在当地艳遇的那一道美食，经历之后，绝美的感受留在心里，却要在无尽思念中默默煎熬，难道不是人生最大苦楚吗？

就算可以再去，但也不能天天去，不能想吃就吃。帝都，号称汇聚各地美食，食材可以空运，大厨可以挖来，可是，却挖不来那里的水，那里的风，那里的烟火，那里的人气……没有这些，又怎么会有那一口地道的口感和滋味？无非都是变了味的赝品罢了。广东的肠粉，大理的米线，成都的街边串串香……这一次，又多了大同的凉粉。

这个凉粉，看上去也没什么特别，但吃过一口，才知道是天下无双。筋道而不韧，细嫩而不散，爽口且不黏腻，在经过一路颠簸口干咽燥之时，这一碗粉儿，绝对有清喉润燥的特效，让人不由感叹，它就是为这吕梁太行山脉的交叉纵横之地而生的！

料汁儿也绝，鲜、香、辣都有，强烈，却配比得刚刚好，浓重却不刺激，正对我的重口味。再加上老陈醋的勾兑和升华，让单一的食材在几重味道轮回中，被一种酸爽占了上风，显出独有的山西个性来……

吃的时候，我也是懵懵懂懂，只是觉得有特别的口感和滋味。回京以后，心心念念放不下，跟身边朋友念叨，才知道这就是被唐太宗赐名“浑源凉粉”的那一碗。失敬失敬。它以土豆淀粉为原料，加入适量明矾，搅成糊状，在火上滚熟，辣椒油也是独特配方……山西境内，无人不爱这一口。

名贯中华大地的美味，当真都不是浪得虚名，不去当地亲口品尝，永远无法体会游子思乡的深情，能烹制如此美食的一方乡土和乡民，必定拥有独特的魅力和风情，必定承载此生此长的人们的无限眷恋。别说游子了，连我这个只待了两天的外地人，也开始日思夜想了。

以前总怕远途驾车劳累，不过，有了迫切的欲望和目标就不同了，能激发人的无限潜力，为那一碗美妙的凉粉，以及盛产美味的山水古迹。山西，定会再去。

惠州的气质还在，

那是岁月氤氲，在一个地域自循环之后，

沉淀出来的独特韵味，

学不来，也拿不走。

天下不敢小惠州

惠州这座小城，让人印象最深的，是它无处不在、灵动而包容的水。

曾经在这座城市工作过一段时间，办公室的窗外就是东江的支流，同事指着江面跟我说："看，这就是当年东江纵队抗日打鬼子的地方。"

江边，停靠着水上人家的"船屋"，一条船就是他们的家。那时我年轻，看他们像看风景，一家人出出进进，在船上洗衣洗菜，煲汤做饭，其乐融融。现在才明白，其实那是一种很艰辛的生活方式，全部家当都在船上，任风吹雨打，随风雨飘摇。如今以打鱼为生的

“水上人家”已经很少了，时代变迁，人们的日子都过得更好一些了。

蜿蜒回转穿城而过的东江，与远处的罗浮山、城中的西湖，装点出惠州的山清水秀，被世人誉为“半城山色半城湖”，它们带着时代的印记和历史的沧桑由远而近，由古至今。

许多历史悠久的城市都是这样，人脉和文脉会随着水脉的流转，沉淀在河道、湖泊、海滨和湿地之上，而惠州，也因为与历史的一次偶遇，在漫漫岁月中凝练出独具特色的气质。

“一自坡公谪南海，天下不敢小惠州”，从一千年前大文豪苏东坡沿着东江乘船南下，谪赴惠州的那一刻开始，小城就平添了后世寻访不尽的书香诗韵。按坡公的性情，想必也曾泛舟西湖荡起涟漪，也曾醉卧江畔。如今岸边老店的美味菜式，说不定，就是源自他千年前流连厨间的激情创意。

一处南粤古地能让坡公心情大好，是山水与人心的碰撞，有旷达的性情，也有别样的风物，“日啖荔枝三百颗，不辞长作岭南人”。

惠州丰饶的物产，为这里的民间聪慧提供了大展身手的空间。回想起我在惠州生活的那段时光，关于美味的记忆占了一大半。

惠州最出名的菜系是客家美食，也称“东江名菜”。客家人随着水系的流转安居惠州，也把生存智慧的精华带到了这里，那是从中原到南海的千年时光和万里长路。

我在这里结识了第一位客家朋友。公司出纳小琴跟我年龄相仿，细眉大眼，俊俏灵秀，声音软软脆脆的，我见了她就喜欢，忍不住夸赞，这小妞竟然照单全收，“我们客家女孩都很美啊，这么多年南北交融优胜劣汰，留下来的都是精华……”是我喜欢的性格。

小琴人美心善，下班时常带我去她家里改善伙食。一进门，她妈妈就端上来两碗糖水。我才知道，糖水，除了东北人概念中的用白砂糖冲水，还可以是另外一种食物。它可以是秋天的红枣莲子炖银耳，也可以是夏天的绿豆百合。可以繁杂，也可以简单，有时几片厚切的红薯煮水，就是一碗鲜甜软糯的开胃甜品，下班回家先喝一碗，解渴去乏，晚饭吃得更香。

那时年轻，晚饭吃得再多也不怕积食，说笑一晚就消化了，不耽误吃第二天的早餐。惠州的早餐有吃不过来的种类，小琴做向导，满足口腹之欲的同时还常有惊喜。

公司隔壁的早餐小店，粉、面、饭、包……花样繁多，而我最爱的，是那一碗香蒸糯米饭。这种吃食的准备工作挺复杂，糯米需要提前浸泡，再拌入调味料，分装小碗，撒油，上锅蒸……老板每天只做五十碗，去晚了就卖光了。为了这一口，我们常常提早到公司，先报个到，然后下楼冲进早餐店。

也有抢不到的时候，没关系，小琴会带我去旁边，不过百十米，就有好吃的猪脚粉、鱼片粥、鸡蛋肠粉……随心情任选一份，都不会失望。

吃饱了好干活儿。二十世纪九十年代初的惠州，离改革的前沿深圳很近，也是百业更新的气象。很多早年去香港淘金的人回到惠州老家创业，带回来的不仅是资金和资源，还有思路和方法。公司的业务那时遍布珠三角，中外融合汇贤聚能，每个人都有很足的精气神儿。

我们的办公室临街，又是几个女孩子扎堆，累了乏了大家就说说闲话。街对面的音像店里，轮番放着香港“四大天王”的唱片，放到郭富城时，小琴总会忍不住叹一声：“听听，郭富城的歌声多迷人啊，人又长得那么帅！”我们笑她花痴，她也不反驳，办公桌上、背后的玻璃隔段上都是郭富城，每天在郭富城的陪伴中，给全公司的人存钱发钱。

中秋节是广东人很重视的节日。那个年代，正是多元文化交融的繁盛期，有太多的热点引发人们追逐，对自己的传统节日反倒没那么上心了，至少在我的印象中，中秋节的仪式感和关注度都平平。但广东不一样，过节当天还放了半天假，本地的同事下午都回家了，我们几个外地员工待在办公室无家可归。

小乔是公司财务主管，比我大两岁，土生土长的惠州女孩，说话爽快办事也利落。下午 4 点多，她打来电话，叫我们几个去她家里吃饭。她家不远，十几分钟的路，拐个弯就到了。

一进门，看见客厅餐桌上，基围虾、梅菜扣肉、盐焗鸡、客家酿豆腐……她妈妈端着一罐排骨莲藕汤放在旁边，一边盛汤一边招呼我们坐下。那是一位典型的广东阿姨，发髻拢在脑后，整整齐齐，大眼睛、宽脸盘，面容开阔也和善，我们吃饭时，她就回自己房间了。

小乔的房间在二楼。惠州很多人家住的都是这种小楼房，占地面积不大，一层是客厅，二层或三层是卧室。饭后我们在她房间里，一边掰月饼吃一边聊天，同事问她："怎么没见你爸爸？"

也是啊，小乔有姐弟五人，却没提过她爸爸。这个重要的团聚节日，一家之主不该在家吗？这也勾起了我的好奇。

小乔说："我爸爸不在这里住。"

啊？大家都睁大了眼睛。

"我爸爸还有一个家，他平常都在那边住……我妈妈是他的第二个老婆，有了我们五个孩子，平时只有妈妈跟我们一起生活。"

为了不让自己显得太夸张，我把张大的嘴稍微合拢了一些，可还是掩饰不住惊讶。这种只在电视剧里看到过的家庭关系，就发生在身边。

小乔大概想安抚我们，接着说："这也没什么的，我们都习惯了，小时候上学放学，长大后上班下班，我们就是这么过来的，我身边朋友都知道，同学里也有这种情况的。”

我愣了一下，也不知道该接什么，问了一句：“那你们……会见面吗？”

小乔咧嘴一笑：“当然见面啊……有时我们在外面一起吃饭，不过他平时工作忙，不常见，”她大概也听出我没问出口的话了，“没你想得那么复杂，我们也不恨他，要是没有他，哪有我今天在这里跟你们过节呢？倒是我妈妈，很辛苦，把我们带大，我爸爸会给生活费，但是平时照顾我们五个孩子的，都是妈妈一个人，所以我们都很孝顺她。”

那次以后，我们没再聊过这个话题，小乔依然像以前一样，和我们一起工作、一起说笑。

倒是我，过了一个很特别的中秋节。后来，我有了自己的家，过年过节就会问问身边家在外地的单身朋友，回不回老家啊？要不要来家里一起过节？

惠州的西湖很美，尤其在日落黄昏时，湖面上金光浮动，在岸边散步很惬意。

街角随处都有炖品店，走累了，找一家坐下来，捋着几十种汤水的餐单，随心情点上一盅，甜口的，或是咸口的，边吃边聊。那些炖品，都是店家精心配料，花数小时熬制出来的。香浓，但又是小小的一盅，既不用有晚上加餐的负累，也解了嘴巴的寂寞。

至于那些经年不衰的老字号餐馆酒肆，夜色一落，就灯火通明，地道的粤式菜肴或清淡或浓重，都各有看家的本领。忙了一天，坐一坐，吃一吃，聊一聊，解了乏累，也滋补了身心。

舌尖的味道就这样一丝丝浸入岁月，时光的印痕也累积成一份独特的惠州气质，在这里生活近一年的时间，常听当地人说，我们去香港“揾钱”，但钟意回惠州过生活。过去惠州女孩嫁到香港的现象也反转了，认识的一位嫁到惠州和老公共同创业的香港女孩说：“到惠州的第一件事，是学会了喝工夫茶。”工夫茶，品的是“待君子，清身心”的意境，江河湖海汇聚在眼前这一小杯里，有净，也有浓。

小琴后来嫁到了杭州，依然是一个有西湖的城市，小乔则嫁给了本地人……她们应该都得到了想要的幸福吧。

这些年，惠州也有了翻天覆地的变化，高楼林立，现代感十足。但在我的印象中，它依然是那个有着悠然慢节奏的小城。惠州的气质还在，那是岁月氤氲，在一个地域自循环之后，沉淀出来的独特韵味，学不来，也拿不走。

白洋淀的岁月与歌

●河流淌过青木川

●小孩与大佛

●退思园

看似普通的市井风貌中，

有过惊魂动魄的风云，

每一步都是历史。

南池子的秋天

北京的秋天，美得像画，随手一拍就是景儿。众多秋景中，南池子算是一个特别的存在。

特别之处有三，一是离天安门最近，不用预约，来去方便；二是有故事，它原本是皇宫里的一条路，民国后城墙打开，任人穿行，那些发生在这段路上的前朝往事，仿佛就在身边和脚下；三是经过百年市井气的浸染，这一片树荫遮日，民居和皇城相融合，让人有天上人间仿若一体的错觉。

这三点，我都喜欢。

今天的南池子大街，很平民，也很网红，打卡的人很多。下午四五点钟是它最美的时候，柔和的金光洒落在红墙绿树和灰瓦之间，呈现出橙色的暖光，怎么拍都很美。

红墙对于北京城来说，简直就是灵魂。尤其到了秋冬，草木枯萎满目萧索，这时候，不管走路还是开车，只要有一段红色的墙出现在视野中，四周就一下子鲜活起来，心也暖洋洋的。各个路段在不同季节不同时间，有不一样的韵味。若是赶上下雪天，红墙白雪，绝美如梦幻。

南池子大街是一段南北走向的街道，南起长安街，北行至故宫东华门，八百米的距离，进故宫参观的人群大多要经过这里，所以这条街道一年四季车来人往，就像从未驻足的时光在流淌。

这段网红墙很有象征意义，它是皇史宬的外墙，墙里面，是明清皇家档案库，两个朝代的兴衰史便在这里存封。

在我看来，这里是北京城的街巷里最有代表性的一片地界，看似普通的市井风貌中，有过惊魂动魄的风云，每一步都是历史。

沿街北行，东侧依次是缎库胡同、灯笼库胡同，深入进去还有磁器库胡同，看名字就知道，过去这一片是皇家内务府的大库房，从苏杭、景德镇运来的贡品，应该就落脚到这里。

这一片发生的最著名的历史事件，要算明朝的“夺门之变”，也被称为“南宫复辟”。明朝皇城外围有东西南北四个游乐场，小南城是其中之一，也叫南宫。当时，明英宗朱祁镇被一个想建功立业、名留青史的宦官王振鼓动，从北京城出兵，到一个叫土木堡的地方，收拾来烦扰边境的蒙古人。结果皇帝打了败仗，被蒙古人俘虏，然后，在京城的弟弟朱祁钰继位称帝。

后来几经斡旋，哥哥被释放，但弟弟的皇帝当得很有感觉，不想让位，就把哥哥关在了南宫。哥哥担惊受怕地在南宫憋了七年，终于等到机会。

时值弟弟病重，想立自己的儿子为太子，但大臣徐有贞、石亨和太监曹吉祥等人想重新推举哥哥上位，以博不世之功。在一个正月十六月圆风清之夜，他们带人撞开南宫封闭的大门，簇拥着哥哥一路向北，沿南池子大街，直奔东华门，冲进紫禁城，最终夺回了皇位。

哥哥重新上位七年之后，临终之际还做了一件大好事—— 废除后宫殉葬制度。这是违背祖宗规制的惊创之举，想来，或许跟他一生经历的磨难有关，深感无辜的弱者要想活下去是多么不易，皇帝终于从“天子”，活成了一个正常的人。

从南宫到东华门，必经之路就是南池子大街，七八百米的路程，步行不过十分钟，可是这短短的十分钟，前前后后无数个关节点，都可能在瞬息之间让乾坤倒转，无数人性命攸关……

五百年前的那个夜晚，这条路曾经是何等步步惊心。

南宫后来被入京的李自成烧毁，再之后，清军入关，摄政王多尔衮在这里给自己建了王府。多尔衮之后，康熙在这片地基之上修建寺庙，乾隆将寺庙赐名“普度寺”，这也是今天周边几条胡同名的由来，普度寺前巷、普度寺西巷、普度寺东巷……

寺门平日开放，沿小路深入，就能走到一片开阔之地，虽然现在只留有山门殿和正殿，依然能感受到曾经的雄伟、辉煌、气派。

山门殿旁立有多尔衮塑像，英武凛然、气势逼人，跟之前住在这里的明英宗有些像。总有人说，多尔衮离皇位只有一步之遥，却终未如愿，为他惋惜。

可是我觉得，这一步，或许就是他的本意。如果真想当皇帝，别说一步，十步百步也不在话下，看看五代十国帝王们的上位经，总有一款适合他。

意大利传教士卫匡国在《鞑靼战纪》中写道：“在北京，有一次我们亲眼看到九皇子（多尔衮虽为第十四子，但最初封贝勒排序为第九）出城打猎，后面跟随着很多人马，带了很多大鹰，足有一千多只，实在是太多了。”这实在不像是觊觎皇位的人该有的低调和内敛。

至于他为什么不，后世尽情猜想，是政治力量的制约，还是被史学家证实为妄谈的因情所绊，或者只想潇潇洒洒当王爷……总之，七情六欲一线牵，同为凡人，牵绊他的到底是哪一根线，无人能知了。

历史是成者王侯的功名录，只会书写光鲜亮丽的一面，真相可能永远不为人知，那些或许有过的不堪、无奈、无助甚至错乱，早就随风而散了。

辛亥革命以后，民国政府为便利交通，在天安门东西两侧，两条长街南端的皇城墙上打开了两处豁口，为与紫禁城西侧的南长街相区别，把这条长街定名为南池子。普度寺曾经办过学校，叫普度寺小学，后来改叫南池子小学，再后来清空了。

居民陆续迁入周边，建起大大小小的民宅院落。民国时，很多重量级人物就在此居住。百来年时间，这一片人口日渐稠密，胡同狭窄，有的地方仅能容一人行走，安全和卫生都是大问题。2002 年，政府开始清理和改建，很多居民迁走，于是有了现在的模样。

街南端的菖蒲河是金水河外的一段，过去是乱糟糟的污水沟，清理之后，如今两岸葱茏，河水清净，被设计师们建成了公园。据说，这里每周二、六都是中老年人相亲的地方。平时来，很安静，游客大多在街上匆匆而过，很少知道这里还有一处闹中取静的小公园。

南池子，夕阳中，红墙绿柳，流水潺潺。天还是那个天，风依旧。想在哪儿停一停，想在哪儿琢磨一会儿，随你喜欢。

一个人的精神所为，

最终都要收归在名誉之中，

而名誉，就是人之品性的度量衡，

也是穿越时空的通行证。

同里，一片净土，一方文脉

同里，江南六大古镇之一，有着独到风韵。当初在有限的时间内选择旅游之地时，身边朋友的一句“去同里吧，那里民风朴素，有古香古色的水乡”，打动了我。

朴素，是一踏进古镇就扑面而来的一种气质，黛瓦白墙的搭配，以黑和白这两种最天然的颜色，营造出与天地浑然一体的意境。至于古香古色，更无需多言，石板路上每一块石头的平滑细润，雕花窗上每一格窗棂的精巧细致，还有处处可见的石桥、老树，身边的潺潺涓流，让你不由得想，这里的风是千年前的风，水是千年前的水。

一座城镇的韵致，必定是流经古今，在天地人合一的融汇中慢慢积累而来的。自古江南多富庶，确实跟江南的地理条件密不可分。一条长江就是天然的屏障，江北自古多战乱，百姓常常挣扎在生存线上，流离失所无以为家；而长江以南，有天然的地理防线，动乱和战争难以波及，人们有更多的时间和空间得以安居乐业，加上水路纵横，粮食丰产，商业活跃……同里，就是在这样的大环境下悄然而出的江南小镇。

为什么说“悄然而出”呢？这一点，从“同里”名字的由来就能略观一二。这里曾名“富土”，宋代就已经是吴中重镇，水道环绕，与外界只通舟楫，很少遭受兵乱之灾，成为富绅豪商们避乱安居的理想之地。既然是避乱，就更要低调了，所以把“富土”两字相叠，上去点，中横断，拆为“同里”。这个过程，也能看出当地人深谙传统文化“含而不露，内敛于心”的深意。

这种低调不张扬的处世风格也融进了建筑物里。一座座依水而建的院落民宅，外表看上去白墙黛瓦、朴素无华，却在细节中精巧构思，汇聚了当地人对世事变幻、人生起伏、文化内核的参悟。

流连在古镇之间，树荫下，流水旁，老房子上微微翘起的脊角，精湛的砖雕门楼，玲珑剔透的明瓦窗棂……一件件古老的艺术品，处处透出独有的细腻精致，它们历经风雨沧桑，兀然独立，仿佛隐藏着一个个意味深长的故事，简约而不简单。

这其中，最有名的，要数退思园了。它是清朝官员任兰生被罢官返回故里后建造的，后成为世界文化遗产。

任兰生是因围剿捻军时，动了恻隐之心网开一面，被朝廷革职的。回乡后，他用两年时间建成了这座私家园林，取“进思尽忠，退思补过”之意。园子建成不久，黄河泛滥，他被复职去前线抗洪，不幸染疾身亡。

故事如果只到这里，也不足为奇，精彩的还在后面。

任兰生的儿子，退思园的第二代主人任传薪，在母亲支持下，将父亲建造的退思园作为校舍，创办了丽则女校。他把园内光线最好的退思草堂设为一年级教室，桂花厅为五、六年级教室，二、三、四几个年级的教室是新建造的，原来的琴房作音乐室，又在内宅的旁边建造了操场，师生的宿舍就设在坐春望月楼里……

从无到有创办一所学校，重重困难可想而知，他就多方筹措资金，还捐出了家藏的五万多册书籍，另购置大量新书和实验设备，又自费赴德国、日本考察女子教育，建自然实验室、小工厂等。当时在校内，《大英百科全书》、全套自然实验仪器、动植物标本、钢琴这些教学设施一应俱全，在那个时代的江南同类学校中，这是极为少见的。

那一年是 1906 年，任传薪才十九岁。青春气盛的年龄，面对诸多琐事也难免有踌躇未决的时刻，在这期间，一直默默支持他的，是他母亲。

女校的教学质量令人瞩目，从女校走出来的知识女性，有的成为当地的教育骨干，有的赴上海、南京、苏州等地继续深造，成为我国近代第一批女性科技人才。我国著名的蚕丝专家、费孝通的姐姐费达生，就是六岁时在这里接受启蒙教育的。

任兰生肯定想不到，自己的传世功名，皆因他退出官场之后，缔造的无为而为的一所园子，更想不到他的私宅会成为以学育人、传续星火的一方宝地。

再逛这座园林，灵秀幽古之间蕴含着浓浓书卷气。曾经作为教学楼的北侧墙体中置有一石，上面刻有“诚勤朴爱”四字校训。

树荫掩映，流光曳影，让人不由得生出许多遐想。百年前，这里传出的女孩子们的琅琅读书声，想必十分悦耳。那些身着长袍、梳着齐耳短发的美丽少女们，穿回于檐下长廊之间，静坐在雕梁下书桌旁，又是怎样一幅动人画面呢？而从这里启智、开悟、立志、成人，然后进入社会的女性们，又影响了多少人的命运，多少家庭的走向，为世间带来怎样的牵动呢？

一座私家园林，一对父与子的人生轨迹，成就了清末民初时代为官者和读书人的起承转合，让人由生敬意的是，贯穿其间的思想硬核，始终都离不开报国和兴邦。一个人的精神所为，最终都要收归在名誉之中，而名誉，就是人之品性的度量衡，也是穿越时空的通行证。

同里的韵致，就在这一片净土，和一方文脉之中。

食为天

食也是烟火，是细微，是性灵

它带着火焰的炙热

生于欢喜，现于俗常

味道和温度里面

总是裹着人心

Chapter 4

所诞

我喜欢这样的夜晚，

还因为，今晚过去了，还有明天。

明天的夜晚，也会是这样的夜晚，

一个又一个……

西瓜夜宴

前几天朋友聊天，说起一个话题，中国人吃掉了全世界 70% 的西瓜。

这个数字让大家都有点诧异。不过转念一想，很快就理解了。想想自己，我的生活里，好像不能没有西瓜。

一直认为，在水果里面，西瓜是最大的王，不仅因为它个头大，它的甜度、水分、口感，都能满足人对水果的一切寄望，可以大口大口地吃，一直吃……炎热夏日，或者是冬季干燥的暖气房里，西瓜简直是救世主。口腹之欲满足后，身体也水灵灵的，这种感觉是其他水果不能给予的。

我的“西瓜鼎盛期”，是在一个小院里。

上中学时，我爸分了房子，在长春市西广场附近，市实验中学对面一套带小院的平房，是学校给老师改善住房条件的福利。据说这里是以前日本人的大宅子，后来间隔出几个独门的单元，我爸分到了其中的一套。

我家这一套，进门是一个十几平方米的小院，房屋总面积有七八十平方米，相比于我们之前的住房，堪称大别墅了。

小院不大，有一个地窖，除了堆放杂物，还能摆下小木桌和几只小板凳。夏天的夜晚，坐在院子里聊天吃西瓜，最爽了。

东北大西瓜，不像现在的迷你款，个头很大，青皮、没有瓜纹，椭圆形的，抱在怀里像一个小枕头。天儿最热的时候，也是它的盛产季。这一点，尤其令人开怀。我甚至觉得，西瓜，是水果界对夏天最大的贡献。

我爸也是一个不辜负夏天的人，买吃的东西是他最擅长的，就像西瓜。他率领我们姐弟仨去菜市场，一人捧回一只，大的有十几斤重。弟弟和妹妹都比我有劲儿，捧着西瓜雄赳赳地跟在我爸身后，而我走一会儿就气喘吁吁的，便改用肩扛，才能踉跄着坚持到家。

回家后，我们把瓜放在小院的地窖里。

这个地窖，我至今觉得，几乎是神一样的存在，过日子实在太好用了！冬天放冬储菜，白菜大葱胡萝卜土豆，保鲜且不会上冻；夏天放西瓜，拿出来清清凉凉的。这种凉，不像现在的“冰箱西瓜”，刺寒，而是一种身体完全能接受的自然凉。

晚饭后，把椭圆的大西瓜搬出来一只，那个头，比家里的长菜刀还长。第一刀下去，得将其旋转一百八十度，对面再补一刀，才能分开两半，然后再将两个半圆分切成月牙。如果赶上一只干沙瓤，刀落时，牙心的那块瓜肉颤巍巍的，随时都会坠落，得用手接着，或者直接掰下来放进嘴里。这一口，甜丝丝冰凉凉，开启了小院里的西瓜夜宴。

第一块，三两口就啃光了，主打一个解渴。第二块，第三块，才有心情一口一口慢慢吃，品它的沙沙口感，清甜的香气，到了第四块、第五块，我爸开始动员我们：“敞开肚皮吃啊，切开的西瓜不能放到明天！”

其实不用他说，我们的战斗力也十分在线。那时的我们正是少年，食量大得惊人，一晚上消灭一只大西瓜不算难事，直到每个人的肚子都圆鼓鼓的，变成西瓜。

吃着西瓜，身体也凉爽下来，在夏日的风里，在星空下，凉得恰到好处，不冷，不寒。西瓜像是专门为了平衡而诞生的，平衡白天烈日暴晒的燥，也平衡了人来人往的喧闹。

这条胡同并不安静，两侧都住了人家，再往里走还有楼房，高低错落着。住在这里的人要去外面的世界，胡同是唯一的通道，同样，若想回家，也必由此穿行。它也是连接学校和公交总站的一条小道，每天早晚高峰期，总有人抄近路从这里穿行。

还有学生们。因为对着校门口，课间时或者放学后，胡同口的小卖部总有学生围上去。那些精力充沛的男孩子们，时不时呼啸着奔跑而过。

我弟的同学，三三两两，也特爱往我家小院里扎。几乎每天回家，都能看见他同学靠在沙发上、歪在床上，或者聚堆在小院里，说说闹闹。我和我妹进进出出，有时打个招呼，有时洗了水果，或是切一大盘西瓜端给他们。

所有这些，都越发衬托了夜晚的静。这样的夜晚，几乎成了我每天期盼的时刻。这时候，四周的一切都好像糅合在夜空里，围墙不存在了，胡同不存在了，甚至附近的街道和楼房也幻化成无边无际的旷野，季节轮转，色彩交织，连时间也没有了节奏和顺序，随着漫无边际的话题，散散漫漫，聊到哪里，心绪就留驻到哪里。

对城市长大的孩子来说，可以撒欢儿和疯跑的地方十分有限，但在这个小院里，我们却有了一个能漫游驰骋的世界，未来似乎已经过去，而过去，也仿佛是未来。

我喜欢这样的夜晚，还因为，今晚过去了，还有明天，明天的夜晚，也会是这样的夜晚，一个又一个……没有意料之外，没有对未知的惶惑。

这样的夜晚，西瓜是标配。

上大学时，石家庄的夏季是火炉。有一次，热得睡不着的室友们又开起了家乡美食卧谈会，我第一个就想到了西瓜，“要是能有一块冰镇西瓜……”这话一出，下铺的萍萍就接茬儿：“要说西瓜，肯定是我们那儿的最好吃，沙沙的，抿一口到嘴里，都不用嚼，那个甜啊，汁儿落在地上都是黏黏的！”

萍萍是宁夏人，那儿的西瓜长在沙土地，少水，光照强，想必和东北西瓜又不一样吧。我吃到的东北西瓜，多是水沙瓤。“一到夏天，爸妈单位就分西瓜，一麻袋一麻袋扛回家里，堆在床底下，想吃了，就滚一个出来……多得呀，能一直吃到冬天。”

这盛况让我们都很惊诧，更超出想象的，是她下面的话。“哪像这里，还切成一牙一牙，我们吃西瓜，从来都是一切两半，一人端起一半，用勺挖着吃，吃完瓜肉，里面还有半瓢的汁儿，就把馒头或者饼子掰成小块泡进去，这叫西瓜泡饼，好吃得呀……”

同为北方人的我们，对西瓜，有着共同的不可替代的眷恋，或者说是刚需。

可是这个刚需，在我在广东工作的那段时间，被切断了。起初我没注意到这个问题，沉浸在南方水果的新鲜感里，荔枝、龙眼、芒果、杨桃、菠萝……都很美味。然后，忽然就会有那么一个时刻，看到白天路边的水果摊，或者在某一个夜晚，想起了西瓜。这个时候我才发现，这里没有西瓜！是真的。意识到这一点的时候，我特意留心了一下目之所及的水果摊店。天啊，这里没有西瓜，我在心里惊呼。

这让我有了一丝惊慌，很清晰的惊慌。至少，当别的事还不清晰的时候，这一丝惊慌和忧虑，是清晰的。

那时我也同时意识到，我来到这个世界上，是为了寻找一些东西的。它们是什么呢？我并不知道。但我渐渐明白了，什么不是我想要的。我能觉察到自己对某种事物的天然趋近感，和不可或缺感。有些东西，不可或缺。

这一瞬间的清晰，把我带到了一个有西瓜的地方，北京。

北京的大，超出我过去生活过的每一座城市。上班路程一小时再平常不过了，走路，坐地铁，哪怕下班去菜市场买菜，拎回家，对我来说都不算事儿。唯一让我犯难的，就是想再拎一只西瓜回家。它太重了。

我由此第一次萌生了想买一辆车的想法。这事成为朋友们聊天的笑谈，为了西瓜买车，但事实就是这样。

后来每每想起，都有些后怕。假如没有西瓜，我可能不会那么快就决定买辆车，可能一直拖拖拉拉的，直到和很多人一样，进入摇号大军。

很多年后，有一次聊起小院，我弟说，他同学大海告诉他："那时我们到你家，多半是为了看你两个姐姐。"

什么！我正喝的一口水差点呛了出来。

然而，我弟接着说："你俩有啥好看的呀？我咋就没看出来……你俩好看在哪儿呢？"

哭笑不得。我这才想起，小男生们好像很少正脸跟我打招呼，跟他们说话时，那眼神总是躲躲闪闪的，像是心不在焉，也似乎是羞涩。真是好笑，这些小屁孩。

那个小院。那只硕大的西瓜啊。那条穿起人生的引线。

那些我一直把他们当小孩的懵懂少年们，大概也在这里，或是别的什么地方，预埋了属于他们人生的，或大或小、或长或短的引线吧。那又是什么呢？

我们总要在苦短轮回里，

找到今生的欢乐。

小酒喝一喝，

再听一首悠然的歌。

黄酒一坛

实在想不出我是什么时候开始喜欢黄酒，为什么喜欢黄酒的了。可能是上辈子的灵魂带来的。因为追溯回去，我家既没有南国江浙血统，也没听说祖辈里有谁好这一口的。

倒是我那有文人雅兴的爹，在某年某月的某一天，捧回来一个陶制的坛子，说里面装的东西叫“黄酒”。

有雅兴就是好。即使在那个物质和精神都匮乏的年代，也总能在有限的眼前，生发出无限的美意来。我爸不仅每天临摹着齐白石吴昌硕的花果鱼虫让我们开眼，还会把画上的美食一样一样买回来，让我们尝鲜。

生长在冰天雪地大东北的我们，也就渐渐知道了荸荠、枇杷、小虾、小蟹这些新奇玩意儿。

有一次，他从学校的南方老师那儿得了几个蚕蛹，拿回来给我们玩。我们第一次见到这新鲜东西，黑黢黢的，用手指碰一碰，捏一捏，它们还会微微蠕动。玩过之后，扔在抽屉里，也没再理会。

第二年开春的某一天，我打开抽屉，竟飞出了几个大蛾子，惊得我不知所措。这才知道，原来那个蛹，是可以变成蝴蝶的。

而那坛黄酒，就没这么抢眼了，被遗忘在角落里。多少次，我们一家人吃饭喝酒聊天儿，都没轮上它。直到有一次，家里的白酒红酒啤酒都喝光了，把助兴的邻居也熬走了，到了后半夜仍意犹未尽，才想起它来。而那时，谁也不记得，它在角落里静默了多少时日。

搬上桌，打开，一股浓香扑鼻。可是，这味道被他们说成是中药味，每人只喝一口就不再续杯。只有我，觉得这个香味很对胃口。而且，我也不知哪儿来的概念，觉得凡是带中药味的饮食都大补，一整坛黄酒就都归我了。

这个味觉记忆从此就留下了。参加工作以后，在长春的那段时间，每到天气转凉，将近寒冬时，我就会在下班路上钻进超市，捧回一坛绍兴黄酒。因为太沉，一次只能捧一坛，连续几天，攒够一排，起开盖，泡上红枣和姜片，再密封，存在角落里。晚饭有兴致时，就倒一壶，在一家人的鄙视和奚落中自斟自饮，自得其乐。

他们鄙视我，是因为夏天喝啤酒，冬天喝白酒，黄酒算什么？

可我总觉得，白酒太辣，啤酒太苦，红酒，好像也不太对我的中国胃。只有黄酒，度数不高也不低，滋味不浓也不淡，小酌几杯，微醺的感觉袅袅而至，不急，也不慢。

这时候，哪怕就着盘中的几片醋熘白菜，时光也能随着那慢悠悠、细细品的意味弥散开来。

对一件物，或一个人的好感就是这样开始的吧。气味，节奏，意蕴，声音，容颜，神态，意念……都不曾预判，不知不觉就契合了，然后，就放不下了。

很多年后才懂，放不下，是因为那是生命的一部分的外化。

我发现微醺的人，都变得可爱、纯粹了，或兴奋得眉飞色舞，或伤感至泪眼蒙眬，或稚气如三岁顽童……总之，没有虚妄，没有掩饰，却多情纯真，可共度一段贴近灵魂的光阴。

那是一种什么感觉呢？也说不清。但是我做杂志时，在被无数次催稿中有过一次体验。在一个“浓睡不消残酒”的周末大清早，我挣扎着爬起来，一气呵成写完了一篇欠债。说实话，自己都不知道写了些啥，可居然被那本杂志的老大夸赞说“这篇最好，文采意境俱佳”。

家宴时，尤其是女生为主的家宴，黄酒就成了我的首推。每一次，我都把收集的各式温酒壶、小酒杯捧出来，让大家选自己喜欢的一款容器来盛酒。对女生来说，喝酒是一方面，把酒言欢才更让人期待，那些畅快的，不畅快的，都能在酒香中一笑而散，解压又滋养。

尤其在寒冷的冬季，四肢常常冰凉，温一壶微烫的黄酒，喝下去，感觉比躺在爱人怀里还要温暖，那种温度，是由内而外升发出来的。

蟹肥季节就不用说了，那是最好的佐酒美味。就算在平时，黄酒随便配几片卤味，也不会觉得这一晚过得太亏。那些或辣或咸的肉食，被混合了多种氨基酸的酒精冲去杂味，更显出本质的纯香。

酒精冲掉的，不只是食物的杂味，还有情感里的杂质。

一位密友，带着女儿一家三口去浙江游玩，居然不畏长途，从当地给我背回来两种黄酒。一坛是直接在厂里买的，一桶是当地人最爱喝的。她说:“不知道哪种对你的口味，就都搬来了。”舟车远足，我连一件多余的衣服都懒得带。这份情谊，真是，都在酒里了。

喝过一些品种之后，我从一个常年的大集上，发现了一个浙江人的摊位，专卖三十年陈酿，几个硕大的酒坛摆在里面，颇具气势。

同伴们都忙着搜罗各式小吃，只有我，装了一桶黄酒乐颠颠地捧回家。喝了一次，就认定了这一款，醇、厚、浓、香……甜度适中，回味绵长。

我才懂得，好的黄酒，完全不用加任何佐料，红枣、话梅、姜片……跟这酒自身的口感和香气比起来，都显得多余了。

胖哥对这类散装酒有些不屑，觉得“师出无名”。可我觉得，酒就像人一样，英雄莫问出处，酒香自有江湖，牛就行了，何虑过往云烟。

况且，经各路朋友品鉴，这酒得到一致赞赏。有一次，回石家庄跟大学同学聚会，出发前我一时兴起，灌了一大瓶随身带上。那一晚，酒终歌罢的后半夜，我们一行到路边摊吃肉夹馍，仅剩的小半瓶被第二天完全断片的某男生搂在怀里不撒手，几个人抢夺下来，大家分而喝之，才算尽兴。

那一次，是我们毕业后的第一次团聚。大家各自东西，二三十年一晃而过。鬓角都有了白发，容颜也不再年轻。那时的我们终于懂得，人生苦短不是矫情，三十岁时以为前路茫茫，而年过四十，惊觉岁月如梭。

前几天参加一个女性艺术发展史的座谈，其间有人困惑：“我也很向往画画啊，可是一想到自己也画不出什么成就，就心灰意冷，也不想开始了……”

我和旁边的画家嘉宾相视一笑，等她回答完，忍不住补了一句："开始之后，你或许会发现，结果可能没那么重要了，真正让人欢喜的，是那个过程，爱画画和爱写字差不多，你独享的那段时光，才最真实有趣。"

就像此刻，我沉浸在黄酒的这堆文字里，不舍得收尾。索性把家里的酒瓶酒壶都翻腾出来，摆桌布光，拍拍照片，折腾了一个晚上。

我们总要在苦短轮回里，找到今生的欢乐。小酒喝一喝，再听一首悠然的歌。让我那前世或许在江南水乡漫游的灵魂，对着如今的北国雄浑，依然肆意快活。

让这一世迷人的红尘烟火，从我眼前，慢一点，再慢一点，飘过。

人们醉心于美好的食物，

不单单是喜爱香醇的味道，

也是因为，它可以让我们“以一物观万物”，

感知生命的律动，和无限的远方。

玉米，松花江上

玉米这种食物，是一个神奇的存在。很少有谁像它一样，既能当主食，又能当零食，还可以入菜。

有一次跟朋友聚餐，上来一道松仁玉米，我说，“你们猜猜，松仁玉米是哪儿的菜？”有人说是淮扬菜，有人说鲁菜，还有人说粤菜……我公布答案：松仁玉米是地地道道的东北菜。一桌人都迷惑，东北菜的豪放风格里，怎么会有这么一道小清新呢？

其实不难理解，这道菜的两个主料，玉米和松仁都产自东北，靠山吃山就地取材，在满桌的大块肉大碗酒中，它色彩明亮味道甜香，又清爽又解腻，既能平衡大局，又不失个性特色，存在的价值显而易见。

作为主食，玉米的表现更是辉煌。苞米碴子大豆粥，是离开家乡的东北人割舍不掉的念想。

即便现在大米当道，但一想起那一锅煮得烂乎乎黏糊糊，一开盖就香浓四溢的美味，就禁不住流口水，不用配任何佐菜，空口也能喝一碗。

现在想来，那是最好的食物。生长在最肥沃的东北黑土地，没有农药化肥的纯天然玉米，才能煮出那种纯粹而浓郁的香味。那个味儿，现在找不到了，我们的世界，已经把它给弄丢了。

还有多少好东西，是被我们弄丢的？我有时跟身边的小朋友们说，你们其实并没有吃过真正的西红柿，以前的西红柿没有这么红，是绿中带着红，满满的沙瓤沁出汁水，咬一口，酸里透着甜，甜中带着酸，独有的清香和口感，如今的菜市场找不到了。

这话，同样也有老辈人跟我说过："你们现在啊，没见过什么好东西……"

这就是时代的变迁吧。有很多好东西，我们还没见过，甚至没听过，就已经消失了。

当然，这也没什么遗憾的，属于我们这个时代的好东西同样层出不穷。但在这一代又一代的变迁中，总有些东西是一直不变的吧？

小时候在东北，一到中秋前后，就是吃玉米的时节，对我来说，这比吃月饼重要。

这种离母体更近，带着原香的食物，让我觉得比精加工的食物更有诱惑力。

那时家住的楼下就是路边摊菜市场，农民把新收的玉米装在马车上进城售卖，在路边堆成小山。在小山里挑选成色好、颗粒饱满又爆浆的玉米，对小孩子来说又好玩又有成就感。

选好之后捧回家，家长用大锅把玉米煮熟，我们在满屋香气里揭开锅盖，挑最入眼的开始吃，一穗一穗……接下来几天的零食，就是它了。

还有爆米花。估计每一个在东北长大的小孩，都有滚筒爆米花的记忆吧。

那时，只要看见街边坐在炉火旁，摇着铁筒罐的爆米花大爷，两眼就会放光，无论是在放学路上，还是跳着皮筋、踢着口袋，都会第一时间撒腿往家里跑，跟爸妈要些零钱，然后把家里最大的搪瓷盆捧在怀里，再飞奔到大爷身边。

有时要排很长的队，但都不会削弱耐心，目不转睛地盯着大爷的滚筒……等到自己的那一锅“砰”一声爆响，巨大的幸福感和满足感也会随之爆棚，接下来的几天都萦绕在身边。以至于现在，我看过的每场电影，爆米花都是标配。

所以，在我的记忆里，无论主食还是零食，玉米都是东北人日常生活中，最重要的存在之一。

我至今都不太理解，张寒晖的那首《松花江上》，“我的家在东北松花江上，那里有森林煤矿，还有那满山遍野的大豆高粱……”怎么没说玉米呢？作为日常食物，玉米明显比大豆和高粱的出镜率更高。要是当年我在张寒晖旁边，一定会建议他把“大豆高粱”改成“玉米高粱”，也可与“森林煤矿”合辙押韵啊……总之可惜，玉米，就这样与一代名曲失之交臂。

上大学时，每年寒暑假坐火车回家，一进入东北大地，车窗外的风景就明显不同了。尤其是暑假，一望无际的平原，最好看。没来过东北的人，是无法想象那种视觉快感的。

欣赏大片平原，也必定是在火车上，才最能体会它的全貌。以火车的速度和跨越的空间，几十分钟内，你的视线中不会出现山峦起伏，而是一马平川。如果是在春夏，满眼绿色勃勃生机，若是在秋冬则沉静庄重，不动声色，却气势如虹。

不由让人感叹，松花江上，辽河水边，东北大地真是一片宝地。

那时的绿皮火车，车窗可以打开。有一次，坐在对面的男士见我迎着风向外张望，很绅士地问我是否怕凉，可以跟我换座。感谢之后我礼貌地拒绝了，因为凉风不重要，重要的是正面迎风，可以以最佳视野看窗外的玉米地。那一片支支棱棱的绿色排山倒海，在清亮的晨曦中肆意张扬。

这种劲儿，不单单是外表。大米虽然占据了餐桌主角，但总有点像文儒书生，身子骨弱，嚼两口就没有筋骨了。玉米就不同，拿在手里是棒子，吃起来有嚼劲，越嚼越香。

我后来发现，玉米不只是东北人所爱，而是人人都爱。有一次同学聚会，南北方同学聚到一起，小强把自家园子里种的玉米煮熟，带给我们分享，“我自己种的，不打农药不上化肥，长得不那么顺溜，但味儿好……”

其实不用她说，味儿正不正，吃一口就知道。没等她说完，我手里的这一穗已经啃掉一半了。那天晚上，神聊之后的我们，不顾夜黑风高，跟着她到了家里，把她冰箱里存的玉米，不管生的熟的，瓜分一空。

接触有机农业的这些年，身边农业专家耳提面授，让我知道了什么是“精致的食物”。那不是做工，而是生长过程。从种子的培育阶段，就被倾注专业研发的心血，在最适宜的生长环境里被精心呵护，不滥用化肥农药，顺应自然生长规律，静候佳期。

这样生长出来的农作物，可能长得不那么美，不像被用了“拉直剂”的黄瓜那么直，也不像被戴着涂了化肥的手套“摸”过的西红柿那么红，它们可能大小不等、圆扁不一，但它们质地纯良、性真味浓，最原生态，也最值得追捧。

我们吃食物，吃的是一方水土的天然与地道，一个季节的时鲜与欣喜。大自然赋予每一片土地不同的性格，这片土地也不遗余力地，将全部的生命能量回馈给世界。

前段时间去北大荒的友谊农场拍玉米，这是新中国初期苏联援建的我国最大的机械化国营农场，有“天下第一场”之称。三江平原上，无边无际的玉米地里，大农机驰骋沃野，收割机的车轮比人还高，在附近的北大荒农机博览园，放着一百五十多台“退伍”设备，从二十世纪五十年代到九十年代的农业机械，浓缩了这片黑土地的垦荒史，如史诗般存在。

这里种植的玉米，是由数十位农业专家历时数年，研制出的非转基因优良品种，优化了玉米的味道和香气，更适宜在这片黑土地上生长。

我们拍摄时正值采收季，也是农民一年中最辛苦忙碌的时节，每天凌晨三四点钟就要下地劳作，这个时段是玉米一天中养分最足的时候。

东北的 9 月，天已经冷了，清晨出门，地上有结冰。架好机器，对着玉米地里干活的农民，还真有点担心，这么冷的天，能拍出效果吗？

正琢磨着怎么下点功夫，调动辛苦劳作的大家伙的情绪，没想到，镜头中的大哥大姐们精神头十足，手里的玉米成了他们运用自如的道具，各种配合，各种即兴发挥摆 pose，要是不拦着，甚至要在玉米地里唱二人转了，忙得摄影师们一个劲儿地喊："可以了，可以了，姐，您动作再收点儿……哥，您不用看镜头，咱们像平常那样就行……"

跟玉米有关的欢声笑语，就定格在那个早晨。

采摘后的玉米，要在五小时内经过自动化剥皮、检验、高压清洗，再经由人工和机器几道工序的精挑细选上锅煮熟，以真空包装和极速冷冻两种方式锁鲜，最大限度保留玉米的原始味道和营养成分。

车间里，蒸汽腾腾，弥漫着玉米的香味儿。近水楼台的我们当然不能错过这一口，收工后的第一时间，就是捧着刚出锅的玉米大快朵颐。那个香啊，不仅有小时候的味道，还有丝丝细甜和软糯的口感。

当时的我们都意识到，这是我们距离玉米的香醇最近的一次。

无论怎样锁鲜，离开土地的玉米，它的鲜味每一分钟都在递减，走出工厂，我们就再也吃不到这一口鲜香了。

眼下，凛冽的寒冬即将到来，采收玉米的大哥大姐们，估计这会儿正坐在家里的热炕头上，啃着玉米畅聊呢吧。

玉米，这种生命力强悍的植物，从南美大陆漂洋过海，历经几百年，在华夏大地繁衍生息遍地结果。它给予我们的，不仅仅是果腹之功，还有一方气场，和穿越时空的柔光。

在这个共生共存的地球上，时代的脉搏牵动着每个人的一方之隅。人们醉心于美好的食物，不单单是喜爱香醇的味道，也是因为，它可以让我们以“一物观万物”，感知生命的律动，和无限的远方。

如果说，

胡同是一个城市的骨架，

这些特色小馆就是骨架上的皮和肉，

有了它们，城市，才是一个有温度的城市。

小馆

人在正式场合穿正装，但大多数的私下场合，还是喜欢穿 T 恤和短裤。身体发肤之需，必得是抛开形式，纯粹而贴合，才最舒服。

这也是亲民小馆惹人爱的原因。

吃这个事儿，谁也骗不了自己的胃，包括情绪。为了交际应酬而吃，多半还得回家再补一顿，要是单纯为了口腹之欲而吃，一顿就能满足好几天。

这家小馆专营桂林风味。我们初识它的时候，大概是十几年前了，在东四三联韬奋书店旁边的胡同里。那段时间，我和胖哥对米粉着迷，一听说哪家好吃，就不远万里奔赴过去。这家桂林米粉，属于他存在手机里相当久的苍蝇馆子系列。

找到它时，才发现门脸儿小得不仔细看，很容易就错过。招牌也年久褪色，浅浅几个字，一副与世无争的淡然。掀门帘进屋，又是吃了一惊，总共十来平方米的小屋，只有四张桌，三张已经有人坐了，门口一张还空着，桌上的餐具还没来得及收，估计食客刚走。老板娘手脚麻利地收拾，招呼着我们。

坐定之后，墙上一张发黄的塑封剪报引起我的注意。仔细一看，竟然是上个世纪《北京晚报》专访这家馆子的文章，篇幅还不小呢！这种级别的纸媒，能拿出这样的版面给一家小馆作文章，真是罕见。

米粉的确地道。卤味干拌的做法，滚水烫过的米粉，加豇豆葱花碎肉末，淋上卤汁，再配几片锅烧端上来，趁热气上下搅拌一番，顺滑入味。这口感和味道，也是我们在桂林当地吃过之后，找遍京城，最正的一碗。从此便锁定这家。

起初几次，我们专为米粉而来，别无他求。可是有一个中午，我们嗦粉儿的时候，看见一个姑娘晃悠进来，散发拖鞋，一身居家服，那架势，应该就住旁边胡同，是睡到自然醒出来觅食的。落座后，只见她点了一盘鱼和一瓶啤酒。看着姑娘一个人专心地吃一整条鱼，我俩四目相对：那鱼，一定很好吃。

果然，这道“脆皮鱼”端上桌时，一股焦香的热气扑面涌来。一条肥硕鲤鱼，鱼鳞被炸得酥脆，整条鱼都胖了一圈，浇上豆瓣青蒜和腊肉调制的汤汁，夹起一块带酥皮的鱼肉，蘸汤汁一口下去，口感和味蕾双重满足。

吃得过瘾，我又忍不住向老板询问做法。老板说，他每天凌晨去早市，在第一波上市的鲜鱼里，选品相和分量都出众的大鲤鱼，回来后趁新鲜收拾腌制妥当，再下油锅，调料汁，每一道程序都是他亲自操作的，确保端上桌的大鱼足料足工，不出差池。这也是他家最受追捧的一道招牌菜，每天备下的数量，取决于当天早市所能选出的鱼的数量，达不到标准的，绝不凑数。

打那以后，我们把兴奋点扩展到其他菜品。一来二去，胖哥锁定了豆瓣肉，我呢，每次都少不了脆皮鱼。导致来了很多次，吃的几乎都是一样东西，菜单上的一大排美食，都还没有尝遍。点菜的时候，常常互相埋怨，“你为啥不换一个呢？”“凭啥让我换，你为啥不换？”谁也不肯放弃自己心爱的菜，连一人一碗的干拌卤味粉也不舍得换成汤粉。

那几年，想这一口的时候去小馆，觉得嘴里寡淡了去小馆，不知道吃什么，还是去小馆。两人意见不统一的时候，小馆总是能和平一统，把即将燃起的硝烟化为煦日和风。因为小馆的存在，无论什么时间，无论走到哪儿，这条胡同已然成了一个能顺情顺意的心理坐标。

直到有一天，胖哥说，小馆搬家了。啊！我吃了一惊。那段时间，胡同被整治清理，小馆也被归置到朝阳门。一个初冬的晚上，冷风飕飕，我们按新地址寻寻觅觅，终于在大厦的地下一层看到这家熟悉的店名和老板一家人，那一刻，顿觉春风袭面。

店面较以前宽敞了许多，食客依然不少。坐定后，跟老板聊起一路找来的波折，引起旁边一桌小夫妻的共鸣，他们是从通州专程找来的，吃了这些年，还是惦记这一口。

那天，我还在墙上看到了几幅稚气有趣的儿童画。老板娘说，是她家老二画的，她很喜欢，就贴墙上了。

小馆味道没变，人也没变，但原来的那种散漫又随意，跟周边融为一体的烟火气却不见了。吃完之后在街边逛逛，顿觉被归置的胡同里，那些散散落落的小门脸儿的灯光不见了，街巷整洁了许多，也冷清了许多。

温暖人心的，当然不止美味。开这样的小馆，凭手艺赚生活，能在京城残酷的竞争中存活下来，除了得有两把刷子，更少不了一颗与人为善的心。

前几天去新街口一家老鸭汤店，找不确定是不是落在这里的太阳镜。老板满头大汗地从厨房出来，问我哪天来的，坐在哪里。然后到前台拉开抽屉，拿出一个密封的塑料袋。我一看，果然是，里面还装着一张纸条，上面很工整地记录了我上一次吃饭的日期和座位号。

这些小馆，从做生意的角度而言，为了获得回头客，绝大多数都在尽全力把产品做到最好，服务也热情细致周到，凭这些，都值得食客的尊重和支持。这种良性的互动，也是良性社会关系的重要构成。都市里生活的人，无论本地人，还是外地人，都需要这份温情的抚慰，不然，在冰冷钢筋水泥之间奔波的元气，又从哪儿来的呢？

如果说，胡同是一个城市的骨架，这些特色小馆就是骨架上的皮和肉，有了它们，城市，才是一个有温度的城市。

那些对于一道食物所寄予的全身心的托付里，

有近乎于朝圣般的虔诚，

有属于这片地域的，

生生不息的长情。

念念不忘的饼

在我的大学校友群里，有两道美食一直被津津乐道，一个是过油肉，一个是烤饼。

对像我一样第一次离家远行，靠食堂为生的年轻人，吃这件事，除了填饱肚子，还总想在完全陌生的食物体系里，找到一点家的味道。这两样食物，就发挥了功效。

所谓过油肉，里面其实并没有几片肉，倒是大师傅特别会做肉汤。浓稠的汤汁里，有木耳黄花菜胡萝卜片，用它拌米饭或面条，就是很多人的节日大餐。

以至于毕业多年后，再回学校食堂，大师傅给做的过油肉下料很足，肉比菜多，反倒觉得不如从前的汤汁好吃了。可见我们对曾经美好的痴迷，有太多的印象派成分。

但烤饼，却是货真价实的，那是一种长圆形的发面烤饼。面发得恰到好处，油酥、分量、火候……都一丝不苟，实实在在。分两种口味，糖酥的、咸酥的，通常糖酥口味的会更快被抢光。这种焦香酥软的红糖油酥饼，解决了那个物质匮乏的学生时代，女生们对于零食和甜食的狂热需求，是绝对的心头好。我们还给它起了个可亲可敬的名字，鞋垫儿饼。

当然不只女生爱它。大学同学聚会时又提起这事，一位福建籍的男同学说：“谁不爱啊，我一口气能吃四个。”这有点出乎我意料。印象中，那时南方同学总是对着大铁桶里煮得稀烂的面条蹙眉，抱怨吃不到家乡的米线米粉。看来，鞋垫儿饼还真是南北通吃。

以至于后来，我觉得最接地气、最解馋的面食，就是发面的糖酥油饼。

这些年，也吃了各种好吃的饼，比如青海的玫瑰烤饼。

那一次，从青海来京出差的老大哥，拎着一个大纸盒箱子，里面装的是他前一天排长队买来的，新鲜出炉的玫瑰饼。吃过一次之后，我就认准了这一口。

每次顶着被胖哥责怪的压力，也不顾拎着纸盒箱子有失大哥光辉形象的歉意，总是抑制不住贪婪的馋相，打开纸盒箱子的那一刻，心花都超级怒放，幸福感超级爆棚。

大哥不只自己带，还托他的同事带。人家也不认识我，大老远来北京出差，又是打电话，又是约接头地点，就是为了给我送这么一块大饼。说实话，我也真是不好意思。

但能拿到饼就行了，顾不了那么多了！

那种饼，也是发面的，很厚，横切面的厚度相当于一个成年人手掌的宽度，外皮酥酥的，一掰就掉渣，内里绵软，一层一层夹有玫瑰酱、胡麻、红糖，要经过两个小时的烤制才能出锅。它的侧切面尤其美，就像玫瑰花的形状。据说每张饼都有大灶台锅盖那么大。

之所以"据说"，是因为我从来没得到过一张完整的饼。大哥说，这种饼，整个西宁市只有一家在卖，而且限量，排一次队，每人限购四分之一张。但就是这四分之一，也够我吃个把月的。当然，不是每天都吃，想吃这一口的时候，拿出事先切好的一小块，放进烤箱里，烤成外酥里软的原始状态，然后慢慢享受。

所以，每次胖哥大方地把我新得来的饼分割送人时，我都万分不舍，但又不好意思发作，只能暗自郁闷。

还有一种饼，是内蒙的红糖焙子。内蒙同学知道我爱这一口，就装了满满一纸箱给我寄来，电话里说，都是当天刚刚出锅的。那时物流还不发达，发货时才知道，这一箱饼运到北京只能走长途货运，其间中转站诸多，到达时间也不准确，需要提前去六里桥货运站等候。

同学觉得特对不起我，几张饼还让我这么折腾，一个劲儿打电话询问。

我呢，完全不这么想。把车停靠在货运站路边，坐在暖风里，听着音乐刷着手机，任凭外面寒风凛冽，等待美食的那段时间，过得很幸福。怎么折腾都不要紧，要紧的是，拿到我的饼。

拿到手的那一刻，同学电话又追过来了。我们在冬季寒夜里，确认了满满一箱饼完好无损之后，心满意足，各自欢喜。

还有新疆的馕。以前吃过的，都是大个的发面烤馕，有一次，朋友分享了几只从新疆刚刚寄到的巴掌大的小馕，跟常见的粗犷大馕比起来，真让人眼前一亮。每张一个独立小包装，分为不同口味，吃起来既有滋味又显精致。

每次想起它们，都觉得有点悲哀。为什么这些风味十足的饼，都出生在千里之外呢？虽说人远情长，但毕竟路途坎坷相见不易，吃到一次好难。

有一段时间，我工作单位的旁边出现了一个现烤现卖的饼作坊，里面是几个年轻人在忙碌，饼的模样很像红糖焙子，香气四溢。但排队买来后，发现完全不是那么回事。这东西，功夫、工艺、下料差那么一点，味道和口感就差之千里。更何况，手里的饼，功夫差得不只是一星半点。

写到这里，不禁想起电视里的美食节目。那些最终留在脑袋里的画面，不是食物本身，反倒是为了每天早上能端上一碗鲜美牛肉汤，凌晨三点钟赶去农贸市场采购原材料的店老板的背影；是为了一坛失败的泡菜而流下的泪水；是瓜农守在夏日农田里，面对着无尽的漫漫长夜和寂寥星空。

那些对于一道食物所寄予的全身心的托付里，有近乎于朝圣般的虔诚，有属于这片地域的，生生不息的长情。这样的食物，它能没有滋味吗?

想创业谋生的年轻人，学会了手艺，但还没有领会心意。没有领会到饱含长情厚意的食物，不单单能让人持守眼前的这份生意，还能让千里之外的吃货们，比如我，常念不忘。

看到一则消息，上海当地最出名的一种特色葱油饼已经消失了。十多年前，做葱油饼生意的是一对六十多岁的夫妇。老夫妇说，年轻人宁愿待在家里无事可干，也不想学这门手艺。这种极具特色，当年被评为徐汇区特色小吃之一的葱油饼再也找不到了。

飞速发展的科技社会，把人们的价值观也给提速了，卖一张饼，无法跟卖一个概念相比。“老味道”就这样给丢了，让我这种一切为吃让路的人，如何面对未来的人生？

能做什么呢？多照顾生意吧，也希望食客再多一些，让拥有精良手艺的民间面饼大师们，能把入口的美好食物完好地、长长远远地传下来。它们是很珍贵的，是祖祖辈辈的智慧精华，也是茫茫世间一丝温暖和美妙的体验。

忍不住去淘宝下了个单，找了一家看上去很接近的红糖焐子。万能的淘宝，但愿别是赝品。

因为它散发的满屋热气能驱散寒意，

从南到北行路长，

它和围坐在圆桌前的我们一样，

不论故乡和异乡。

春有傍林鲜

人在世上，最大的奢侈，是能按自己想要的方式活着；第二奢侈，是能做自己喜欢的工作。如果这两点都不能如愿，那么第三个奢侈，几乎人人都能实现，那就是吃想吃的东西。

这么一想，吃这件事，就不只是吃了，它还可以是一个间歇性的人生亮点。一个小愿望，再来一个小愿望，偶尔，还可以有一个再大一点的愿望，一个一个地实现过去，日子过得就有了奔头。

“春吃芽，夏吃瓜，秋吃果，冬吃根”，老祖宗早就说过了，这个念想也不必等太长时间，一年四季，总有一款适合你。

在东北生活的时候，我对“春芽”的概念，仅限于一些常见的野菜。那时的城市，离农村不远，不是地理上的不远，是日常生活和心理距离上的不远。一到春天，农人把现摘的鲜食装进箩筐、挎篓里，天蒙蒙亮的时候已经赶进城，摆在街道两旁，或者走街串巷。

我至今还记得那一声声吆喝，曲麻菜、刺老芽、小根蒜，还有像指甲盖那么大的，红得透亮的樱桃。欲暖还寒的清晨空气里，有炊烟袅袅，有鸡鸭鹅叫，还有从远而近的，如背景音一般的吆喝声。我奶奶总是拿着一只小塑料盆，下楼循声而去。等她回来，家里的餐桌上就多了一些鲜嫩的绿叶菜，春天也回来了。

后来到北京生活，“春芽”出现的时间提前了好长一段，我对它的理解又深刻了。

为什么春天要吃芽呢？我的一位同事是农学专家，对我循循善诱：“你想啊，种子在土壤里蓄积了一整个冬天，春风一吹，春雨一洒，冒出的尖芽可以说是聚集了天地的精华，正是最有营养的时候，也是味道最鲜美的时候。”

说这话时，他手里拿着一棵刚从南方运来的鲜笋，有手臂那么长，比手臂还粗，根部还裹带着零星泥土。

同事说得有声有色，我的联想随即展开——尖尖的笋芽破土而出，笋农在雨后的竹林中挥舞锄头，掀翻泥土，把一棵棵竹笋用力拔出，满满的春天气息和能量……

几年前在朋友家里吃过一道鲜笋汤，笋是她从南方老家带回来的。这个生长在四川的妹子，不顾舟车劳顿，在随身的包里装了几棵满身泥巴的春笋。回到家的第一时间，便把我们约到她家，为了炖一碗汤给我们喝。

坐定之后，围成一圈的菜肴丰盛而浓艳，川妹妹煎炒烹炸的手艺尽显风情，唯有餐桌的中间空着，是留给汤的位置。等她把鲜笋汤端上桌时，着实让我们眼前一亮。那汤清清白白的，薄薄的笋片荡漾其间，几片翠绿的鲜豆苗做点缀，跟满桌的浓妆重抹相比，就像是一位素衣少女，纤尘不染，惊艳全场。

汤的味道，怎么说呢？似乎在入口的一瞬间，忽然就懂了那句话，人间至味是清欢。

以前总是不能理解，寡淡的草根芽叶，怎么能跟丰腴肥甘相比？不加肉不过油的菜，又如何能称得上美味。可是那一天，满桌的荤食，仿佛都成了配角。唯独那道清水鲜笋，清新鲜甜。让人顿悟，原来食物的至高境界，是质朴纯粹，是一方水土的天然和地道，是一个季节的时鲜与欣喜。

尤其让我这个在东北长大，一年里有半年要吃冬储菜的酸菜猪肉炖粉条爱好者懂了，世界之外，还有一个世界，春笋之鲜，天下无敌。

不禁要羡慕生活在竹林边的南国同胞了。川妹妹说，在他们老家，每到这个季节，雨后放晴的时候，乡亲们就在蔚蔚竹林里，找准地面细小的隆起和裂纹，顺势往下挖，一颗硕大的竹笋就此面世。人们挖笋的速度，甚至要跟竹笋生长的速度比赛。

从那以后，我开始关注和笋有关的一切。特别喜欢它的另一个名字，傍林鲜，这是南宋美食家林洪给起的。这位大神写的《山家清供》，专门记录各种鲜食的吃法。他的吃笋理论是，鲜笋最好是现吃现摘，一分钟都别耽误。因为笋从离开土壤开始，每一分钟的味道都有所变化。最好的吃法，就是在竹林边，用竹叶竹竿做燃料，铁锅滚水烹制，这样方能品尝到天地人合一的极致美味。

竹林清风的用餐环境，返璞归真的烹饪方法，满口留香的鲜笋汤羹，古人的食经，真是碾压现代人一百个来回啊。

有时觉得，我们的生活不知是进步了，还是后退了。古人吃的傍林鲜，是他们那个年代的日常，却是我们现在要付出更高成本，也不见得能保真的“有机”。时代进步了，可是我们最终，还是想寻上一口一千年前的真和鲜。

应季而食，不时不食，这是老祖宗关于吃的哲学。“根生大地，渴饮甘泉”，应时而生，生生不息，春笋就像是一个最好的印证，吃应时的食材，就能获得它的小宇宙。

有一段时间，我迷恋“腌笃鲜”的吃法，是从一位江苏姐姐那儿学来的。

她也是烹饪高手，家常菜从她手里烹制出来，每一道都那么有滋有味。腌笃鲜是她跟外婆学的手艺，他们老家，家家户户习惯用咸肉和笋一起煲汤。而咸肉，是自制的。这种在我看来神秘又遥远的食物，经她一料理，变得家常了。

她手把手教我，把五花肉洗净，用白酒浸一下，十来分钟就行，主要是杀菌和去除腥味，再把花椒和盐一起搓在肉上，使劲儿搓，直到细盐渐渐融化浸入，然后把肉挂在有阳光的地方，晾晒几天就可以吃了。

学会了这个技能，我在每次得到鲜笋的第一时间，就为了腌笃鲜，开始自制咸肉。腌好的咸肉，挂在一个简易的架子上，放在家里阳光最充足的飘窗下。那几日，就期盼着有太阳的天儿。看着咸肉一天一天发生变化，渐渐变成透明的质感，油花儿沁出来，在光线中闪闪亮亮的。

这道菜，起初是名字吸引了我。腌笃鲜，从字面上看，想不出它是什么内容，什么形态。等吃过以后又觉得，它是那么别致，内涵层次又那么丰富。腌的咸肉、鲜的竹笋，荤素碰撞，融合相应。这个

“笃”字，一心一意，坚定勤恳，小火慢炖，心无旁骛。它也是一个象声词，咕嘟咕嘟的，声音和气氛一直在烘托，等你把时间和耐心都用足了，再一看，便成就了一道传奇。

有几年春节，年夜饭我都做了这道菜。不只取它势如破竹节节高的吉祥，还因为它散发的满屋热气能驱散寒意，从南到北行路长，它和围坐在圆桌前的我们一样，不论故乡和异乡。

吃这件事儿上，

谁也绕不开的，就是乡土。

小时候的味道长在了身体里，

想抹也抹不掉。

酸菜与乡土

我一直觉得，吃这件事儿上，谁也绕不开的，就是乡土。小时候的味道长在了身体里，想抹也抹不掉。

要说的酸菜，自然是东北酸菜。这种食物在我家餐桌上出现的频率相当高。

不过有几年的时间，我也不大吃酸菜，因为有人说腌菜不健康。但是后来，知识又更新了，据说，酸菜在发酵过程中产生的乳酸对人体有益。这个“喜大普奔”的消息彻底解除了我对酸菜的顾虑，也不想再去找专家论证了。不管世界多复杂，你想要的结局，就是你的人生指南。

关于酸菜，我有个很深的印象，是旅美作家刘齐写的一篇散文，他在国外遇到了一位东北老乡，写成了《老吴太太》。冯小刚曾说想把它拍成电影，不过后来一直没动静。要真拍出来，能挺好看。里面有段文字很精彩：

老人家告诉我，她最爱吃的还是酸菜。一九四八年秋冬（多么遥远的日子），辽沈大激战，她丈夫所在的部队开始还挺硬实，渐渐就扛不住了，残兵败将，妻儿老小，凄凄惶惶往关外跑。老吴太太离开沈阳时，看着家里那缸白白净净的酸菜，心里怪舍不得的。丈夫说都什么时候了，还惦着吃。快走吧，晚一步小命就保不住了。老吴太太说她当时不知怎么搞的，刚走两步又踅回来，从缸里捞出一棵酸菜，把帮子啪啪掰掉。剩一个小菜心儿，攥在手里，边走边吃。上了丈夫那辆中吉普，还吃，惹得一车人全看她，像看一个傻子。

这就是东北人对酸菜的感情。

这感情，没啥道理。跟所有人都钟爱家乡口味一样，一见着，就觉得亲，一咽下肚里，就浑身舒坦。有了这一刻短暂的口腹之“愉”，就有精气神儿去应付那些没头没尾的烦恼，甚至，烦恼干脆就不成烦恼了。

到北京定居以后，我也想在家里营造出东北大地的浓浓生活气息，自己动手腌过酸菜。把三棵大白菜洗干净，浸上盐，密封在厨房的一个不用的水池里，等着它们变成好吃的家乡味道。

然后，它们不但酸了，还臭了。揭开的那一刻，挫败感随着浓浓的味道飘散、升腾。我把它们连汤带菜都清理干净，那味儿却在家里久久不去。寒冬腊月，我把门窗全部打开，和胖哥在瑟瑟发抖中熬过了好几天。从此不再妄想。

后来，跟东北老乡说起这次失败的经历，大家得出的一致结论是，温度不对。即便把原材料，把制作流程原样照搬过来，但却不能把东北冬天的低温也请过来。酸菜的最佳发酵温度，是在零上二至八度之间，北京的冬天，户外气温常常在此之上，更何况是在家里。

酸菜这东西，别看外形粗放，成就其品质的内外因，却是相当细腻、严苛的。它是在冰雪覆盖的大地上，在许许多多生物都停止生长甚至消亡的恶劣环境里，由生命力强大的乳酸菌战胜腐败菌，不断繁殖，脱颖而出的。它最终找到了在这个世界活下去的方式。

酸菜包子，说起来，我对它的感情也有些复杂。成家以后，我很少做包子。不是不爱吃，是觉得吃这东西精神负担太大，一顿就得好几个，那么多碳水，那么多肉。但有几次，我那在广东定居的妹妹回老家，总是亲手包几顿酸菜馅大肉包子，吃得全家人油光满面，把我的馋虫又勾出来了。

这家伙，小时候在厨房里都是给我打下手的，但对美食的狂热和做饭的灵气远高于我。

我现在还清晰记得，以前在家里，她早晨睁开眼睛的第一句话是这样的——“我今天要做鸡丝卷，我觉得用鸡蛋摊成一个薄饼，把肉馅调味后卷在里面，上锅蒸，然后晾凉切片，蘸蒜酱吃，肯定好吃。嗯，我要去做了！”

然后，她就起床了，留下我一个人躺在床上一脸蒙，想不明白这家伙一宿都做了什么梦。

这种起床的开场白，并不是一次两次。这种以美食点亮生命的人生观，也让她的厨艺精进。以至于后来，每年家里的年夜饭都是她主厨，我只剩下吃的份儿。

我觉得，在老祖宗发明的食物里，包子饺子这一类是最聪明智慧的。有一次看一档电视访谈节目，《舌尖上的中国》导演陈晓卿说，他们曾经做过数据调查，看观众对不同类食物的兴趣程度，排第三的，是油脂类食物，比如红烧肉；排第二的，是主食，比如面条、饼、米粉；排第一的，是主食包裹油脂类食物……这话一出，台上台下屏里屏外，全都开怀大笑。

主食包裹油脂，制作过程也很迷人。通常是全家齐上阵，有和面的，有剁馅的，围在一起，一边唠着家常，一边分工协作，气氛十足。这种食物，吃的是阖家团圆，是满堂烟火，是热气腾腾。

酸菜，不仅做包子饺子好吃，炖汤也特别好。尤其在秋冬时，炖一锅酸菜，放点儿肥肉片，用小火慢慢熬煮，满屋都飘着香气。酸菜一定要搭配肥肉，这是它的灵魂。吸收了油脂的酸菜，香味更加浓郁，而肥肉经过酸菜的调和，也消除了油腻感，它俩互相喜欢，相得益彰。趁热吃上一大碗，既开胃润燥，又下饭暖身。酸菜是东北人对乡土的温暖记忆，更是冬天里最朴实无华的幸福象征。

它被高度烈酒取代过，被禁酒法案取缔过，

被世界大战阻断过，被工业啤酒碾压过，

可是，每当世界经济再次腾飞之时，

人们都会重新举起精酿酒杯。

当你举起精酿的酒杯

我不怎么喝啤酒，但身边人喝的时候，也愿意凑个数，共建一下气氛。

在精酿啤酒出现之前，喝酒对中国人来说是个“事儿”，酒桌上有主有客，有长有幼，有循不尽的礼仪，和讲不完的规矩，那是中国独有的酒文化，从另一个角度来说，也是一种繁文缛节。

但精酿出现了，它和那些酒不一样。它是酒，也是洒脱和随性，是放下戒备，是解开束缚，是遵从个性，是真实和包容。

最初认识精酿，是去参加一个朋友的活动，在首钢文化园。

那是一场很可爱的精酿盛会。许多酒厂带来了各自的作品，单看名字，就让人喜欢：大九、北平机器、拾捌、野鹅微醺、跳东湖、熊猫精酿……也能看出它们的出生地。

现场氛围很好，音乐和美食，时尚活泼的调调，跟高大的工业建筑很契合，有一种有冲劲儿、有力量的气场。朋友告诉我，这样的啤酒狂欢大派对国内还有很多，青岛、大连、广州、成都、武汉……啤酒文化发达、消费力强劲的一线城市，几乎都有自己的啤酒盛会。

其实精酿啤酒进入中国不过就是十几年的时间，连这个名字，也是由几位最初的精酿爱好者琢磨出来的，他们从英文“Craft beer”，想出了“精酿”这两个字，那是在2012年。

但精酿的市场表现却不像是一个新手，甚至可以说，在酒饮的类别划分中，它已经牢牢占据了一个可观的份额。近年来，在啤酒行业总体销量下滑的大背景中，精酿的消费量却惊人增长，居高不下。

到底是什么原因，让它仅用十余年，就在酒饮市场占有一席之地了呢？

有人说，精酿是人们对啤酒美学的思考。在Craft beer的英文原意中，手工、工艺是它的核心，以啤酒花、麦芽、酵母和水为主，采用“上发酵”工艺，再加上水果、香料或药草等添加物，可以产生上百种风味组合。

这个充满创意甚至有点冒险的过程，与工业啤酒的流水线相比，使得每一位精酿啤酒师像是一位啤酒艺术家，在传统和创新之间不断穿越，带给我们一波又一波新鲜的体验。

它少了一些故作风雅和老气横秋，从它出现的那一刻起，就以独具灵魂的特质，聚拢了情感丰富又具有个性思想的群体。随着经济的高速发展，户外运动、环保运动、独立艺术等诸多新文化群体产生并兴盛，人们拥有了艺术性、国际性、多元性的文化情结，需要新的产品来满足自己的个性追求、情感归宿、价值认可等需求，精酿啤酒生逢其时。

精酿深似海，天天可尝鲜。我也是在周边一帮“精粉”的影响下，大开了眼界。比如大跃精酿，用中国本地啤酒花和麦芽，加入茶叶、蜂蜜、花椒、咖啡等，意在打造有中式灵魂的精酿啤酒；北平机器的“绿豆沙”，加入了螺旋藻，使酒的颜色呈现出绿豆沙一样的绿色，一打开就能闻到绿豆香气，口感爽利、细腻，最适合大热天来一杯，还有“百花深处”、“龙井”……

我很喜欢“野鹅微醺”，来自我大学的所在地河北石家庄。“野鹅”的灵感是大雁，满腔热情，自由奔放，当地酒馆甚至还为它搭配了一道“太行驴肉塔可”，这道驴肉塔可搭配的绿酱，是牛油果、青椒和墨西哥辣椒组合而成的，越吃越香。

湖北的“跳东湖”，被众多精酿爱好者称为“国产精酿之光”，曾获得数十个世界级精酿大奖。蓝色的包装让人联想到汪汪湖水，灵感来源于武汉年轻人顶着烈日跳入东湖的夏季狂欢，成为当地青年文化的符号，它的口感像年轻人跳东湖时的干脆、直接，标志性的高苦味，来得快去得也快，耿直鲜明，一点也不含糊，像极了湖北人的性格。

精酿设计者们为自己的作品注入了浓郁的地域特征，让它与本地餐食和本土文化融合，创造出更加有趣的、极致的味觉体验。这正呼应了精酿的定义，是一种蓬勃新生。

美国精酿啤酒行业五十多年的工艺水平，中国年轻人仅用了十余年就达到了。而且，这股无所束缚的创造力常常突破人们的想象，不知道哪一天，你就会在市面上发现新秀，加入牡蛎提取物的海鲜精酿，以桂皮、生姜、辣椒融入其中的卤味精酿，至于牛奶、水果、明前龙井、铁观音……只有你想不到的，没有你喝不到的。

没错，年轻人，有干劲、肯钻研、求超越的年轻人，正以蓬勃朝气推动精酿飞速向前。

不过现在的世界，年轻与否，已经不单单是用年龄划分了，更接近现实的划分标准，离不开精神状态和认知结构。

我曾经在京郊的一处民宿里，看到一群生于二十世纪六七十年代的人，他们弹着吉他，喝着精酿，在自己的花园里玩得很嗨。他们在怀念一位离去的老友，每个人的脸上浮现的不是悲伤，而是一种坦然和松弛的柔光。歌声中，温情在流淌，那凝练的质感跟精酿很配。

此时的精酿，就像弥漫在空中的旋律一样，是音乐，也不只是音乐，而精酿，是啤酒，也绝不仅仅是啤酒。说得文艺一点，它更像是一种追求品质和独特体验的艺术。

我也端起了一杯蓝莓口味的精酿，深度烘烤的麦芽浓香之上，有清晰的蓝莓香气，酒的质地偏厚，入喉顺滑，苦中氤氲着微甜，回味持久。那一刻的感受，很不同。

回顾人类的啤酒史，精酿其实才是初始。它以纯自然的原材料，加以手工酿制，让人获得一款自己喜欢的、具有独特风味的酒精饮品。可以浓一分，也可以淡一分，恰如其分的专属感令人着迷。

它可以促成一场群体活动，也可以是一段独享的时光。它被高度烈酒取代过，被禁酒法案取缔过，被世界大战阻断过，被工业啤酒碾压过，可是，每当世界经济再次腾飞之时，人们都会重新举起精酿酒杯。

这种温暖，

不只是脸上的笑容，

或者语言的慰藉，

也是心里的惦念。

硬菜

过年的时候，我家有一道传统名菜，就是我妈做的肉皮冻。

我妈这老太太，做事特别认真，要么不干，要干就出精品。

每年临近过年那几天，她会把存在冰箱里的猪肉皮都倒腾出来，开始她春节前的一项巨大工程。那些肉皮，是她平时买猪肉时剔出来的，为的就是这道年终硬菜。

制作过程相当复杂。先把肉皮切成一块一块的整齐的长方条，放进热水里焯一下，然后捞出来做认真清理。

清理工作主要分两个程序，一是摘毛。这个活儿，特别考验细心和耐心，但她做得一丝不苟，而且工具也相当上档次，用的是我和妹妹淘汰下来的修眉毛的小镊子。

她戴着老花镜，在灯光下，一根一根地把肉皮上残存的毛根都摘得一干二净，然后用手仔仔细细地触摸一遍，哪里有残余，再移到最亮的地方，认真清除。有时她不相信自己的老花眼和粗糙的手指，便会让我们帮她检查一遍，不可有一丝一毫的马虎。

二是清理肉皮上残存的油脂。她说，不能有一丁点的油脂，否则，熬出来的皮冻有油气味，不好吃，她就用刀反复刮。

这两道基础工序完成之后，白白净净的肉皮就下锅了。多少肉皮，放多少水，什么时候用大火，什么时候调小火，熬多长时间……这些，都是她凭多年实战经验积累的核心技术，特别高精尖，别人很难学去，我也很难用文字表述。

总之，到了年前二十六七这几天，我家的炉火上，总是有热气腾腾的两大锅在熬着。她会在小火的时候，把浮在汤汁上的油星和杂质撇去一遍又一遍，直到整锅汤汁像牛奶般洁白无瑕，肉皮全部融化。然后，再把汤汁倒进她事先洗刷得干干净净的两个大搪瓷盆里，等待胶汁彻底凝固。

凝固也是有讲究的，不能用密不透气的盖子，而是用洁白的两块纱布蒙上，这样做，是为了“防止水蒸气滴落在胶汁里，影响口感”。

胶汁彻底凝固，需要一段时间，我印象中，大概是一天一夜吧。

因为有的时候她半夜还会一遍遍掀开纱布看，然后说：“嗯，还不行，得等到明天早晨。”

彻底凝固的皮冻，她会从盆的边沿切下一小块尝一尝，若口感不够劲道，就说明水放多了，马上又重新开火继续熬，把多余的水分熬出去，然后再等凝固。

不过要再等上一天一夜，时间就有点紧张了。为什么呢？因为，她还要留出时间，送给她名单上的人。那是一串很长的名单。

每年过节，她熬的皮冻，数量和她要送的名单都是相对应的。

邻居中，二楼的老李太太，三楼的老王太太，四楼的老魏太太……

还有菜市场卖肉的小陈，是个小伙子，每年都惦记她的这一口，年前好几天就问：“阿姨，今年做了没有啊？”我妈说这小伙子心眼儿特别好，平时卖肉总是把最好的肉皮留给她，还帮她磨刀。

还有卖蔬菜的那对小夫妻，“这两口子可热情了，离老远就跟我打招呼，有时候看见我拎的东西多，就让我先存在他们那儿……”

还有卖咸菜的小张，又勤快又善良，一个人带孩子，平时省吃俭用，但经常在饭点时把咸菜送给旁边的商贩吃，她教会了我妈做咸菜的方法。

然后，还有她的同事甲，同事乙，同事丙……

眼看着两大锅皮冻被一份份送出去，我有点急了，跟她嚷嚷:“都送给别人了，我的呢？”

这时，她会笑嘻嘻地打开冰箱让我看:“你看，最好的都给你留着呢！”

这还差不多。

其实肉皮冻都是一个大锅出来的，东西都一样，所谓最好，就是一个盆形的大圆饼里，切出来的最方正、最厚实的那一块。

看到这一块，我就踏实了，证实了我在她心里第一的位置没有被撼动，但即便是这样，嘴里还会嚷着:“哎呀，那么大一块，谁吃得完，告诉你别弄那么多，就是不听……”

当然，根本不存在吃不完的问题，因为她做的肉皮冻，是可以当零食吃的。在家那几天，有时候我想起来了，就打开冰箱切下一小块，拿在手里慢慢嚼。她知道我最爱吃，吃饭的时候，每次都把装皮冻的盘子挪到我跟前。

我妈做的皮冻，里面是看不见一丁点肉皮的，出锅时她会把残渣用纱布都过滤干净，这样做出来的皮冻，就像和田美玉一样，温润洁白，劲道弹牙，既赏心悦目，又清香爽口。

以至于，后来我在外面吃到的带一半肉皮的皮冻时，觉得特别惊讶，以为那是没制作完的半成品。

后来外面的皮冻吃多了，才懂得，没有谁的肉皮冻做得可以达到她的水准。我妈做的这一款，是皮冻中的战斗机，因为那里面所包含的心意不同。

她在每年制作皮冻的复杂流程里，凝聚了想对周围人表达的情谊。那些跟她有过情感交集的人，一个也不会被落下。

我也是在她这里，懂得了人情的更宽泛的内涵。人情里面，是有温暖的。

这种温暖，不只是脸上的笑容，或者语言的慰藉，也是心里的惦念。她用最费时最费力的方式，把这种惦念变成行动和具体的物质，在过年的时候，送到每个人的手中。

大家一年里都辛苦劳碌，顾不上走动和问候，过年时这一份人情的温暖，能直抵人心。

我妈现在年纪大了，最近两年都没有做，估计，我以后也很难吃到她亲手做的肉皮冻了。

以前最平常不过的琐碎，她忙忙碌碌的样子，唠唠叨叨的话，我跟她拌的那些嘴，都成了记忆中的珍宝，到如今，可望却不可求了。

图书在版编目（CIP）数据

万万瞬间 / 曲雪松著. -- 北京 : 中国工人出版社,
2024. 12. -- ISBN 978-7-5008-8619-8

Ⅰ. I267

中国国家版本馆CIP数据核字第2024DV9549号

万万瞬间

出 版 人	董　宽
责任编辑	陈晓辰
责任校对	张　彦
责任印制	黄　丽
出版发行	中国工人出版社
地　　址	北京市东城区鼓楼外大街45号　邮政编码：100120
网　　址	http://www.wp-china.com
电　　话	（010）62005043（总编室） （010）62005039（印制管理中心） （010）62001780（万川文化出版中心）
发行热线	（010）82029051　62383056
经　　销	各地书店
印　　刷	北京盛通印刷股份有限公司
开　　本	787毫米×1092毫米　1/32
印　　张	9
字　　数	250千字
版　　次	2025年1月第1版　2025年1月第1次印刷
定　　价	58.00元